MANIGUETTE A DISPARU

GUILLEMETTE RESPLANDY

ILLUSTRATIONS JEANNINE BRUNET

Collection RADIS SEL

Le Patio, éditeur

Loi n°49.956 du 16 juillet 1949 sur les publications destinées à la jeunesse : novembre 2001
Dépôt légal : octobre 2001 / ISBN 2 – 909219 – 33 – X
Imprimé en France
Le Patio, éditeur : 89520 - Saints-en-Puisaye

à Berty et Renée

à Ali

SOMMAIRE

Les Personnages

Carl Gustave, Joséphine et le professeur Roscöe,
et puis

Amomum Zingiber, dit Gingembre, alias Gingi, aime jouer au chef de famille autoritaire, créateur d'une boisson magique aux vertus mystérieuses.

Elletaria Cardamomum, dit Cardamome, alias Momo, n'hésite pas à secouer ses jupes dans les tasses de thé bouillant s'il en est besoin, soupçonnée (ainsi que Galanga) d'être un peu amoureuse de Carl Gustave.

Zedoaria Curcuma, dit Zédoaire, alias Zédo, médecin, mais pour des maladies bien spécifiques pour lesquelles il fournit le traitement en donnant beaucoup de sa personne. Un peu pédant parfois, adepte des raisonnements scientifiques.

Longa Curcuma, dit Curcuma, cuisinier. Aime à citer des proverbes orientaux. A la particularité de devenir orange lorsqu'il est ému. C'est aussi un vrai filou. Très bon en informatique.

Alpinia Galanga, dit Galanga, la plus sensible et la plus gentille de tous. Travaille dans la mode et connaît des secrets pour faire repousser les cheveux. Soupçonnée (ainsi que Cardamome) d'être un peu amoureuse de Carl Gustave.

Aframomum Meleguetta, dit Maniguette, que l'on recherche désespérément. Danseuse du ventre. A des caractéristiques peu ordinaires, telle que « renferme du paradol »,
et puis

Le serveur du restaurant *La Statue d'Or* et son grand Chef, les trois trafiquants, le professeur Duplantier,
et encore

Catherine, Temoë Lawaq alias Témo, Monsieur Musa, les dames Droséras.

1
Où l'on apprend que Carl Gustave prépare un grand déjeuner

– Joséphine, aidez-moi à mettre le couvert dans la grande salle jaune. Ah, je suis si content à l'idée de rencontrer enfin les Zingiber dont papa m'a tellement parlé.

Carl Gustave Linné, que nous appellerons tout simplement Carl Gustave, s'était levé tôt. Enfin, beaucoup plus tôt que d'ordinaire. Et ce n'était vraiment pas dans ses habitudes de vieux garçon habitué à paresser sous la couette et à se faire servir au lit son chocolat, ses deux croissants, ses œufs mollets et son cigare par sa cuisinière la vieille Joséphine. Mais ce matin-là, il avait reçu une étrange lettre. Et depuis, il n'arrêtait pas de la gronder (gentiment quand même, par égard pour son grand âge et les bons et loyaux services rendus à la famille Linné depuis tant d'années) et de lui donner des tonnes de conseils parfaitement inutiles pour la préparation « d'un grand repas », prévu le jour même.

Joséphine bougonnait :

– Ah, si seulement Monsieur Carl Gustave m'avait prévenu un peu plus tôt, on n'en serait pas là. Les invités vont arriver, le poulet n'est pas plumé, la salade pas essorée et les légumes pas épluchés. Pourvu qu'ils ne soient pas trop en avance. Qui sont donc ces convives dont la venue dérange tant le train-train de vieux garçon de Monsieur ? Il a toujours des amis si extravagants.

Tout en aidant Joséphine, Carl Gustave lui expliquait la raison de son affairement :

– J'ai été rudement surpris lorsque j'ai reçu cette lettre, ce matin. Elle était adressée à Carl Gustave Linné, « Professeur de Sciences et de Botanique ». C'est-à-dire à papa bien sûr. Mais depuis sa disparition, il y a quelques années déjà, c'est moi qui m'occupe de son courrier et de ses affaires. La lettre venait des Zingiber qui demandaient de l'aide. Ils ne donnaient pas de détails sur leurs ennuis, mais ils annonçaient leur arrivée aujourd'hui même à midi. Hé bien, je suis content de faire enfin leur connaissance. J'espère que je pourrai résoudre leurs problèmes, tout comme papa l'aurait fait.

Carl Gustave était un gentil garçon, un peu lourdaud, un peu pataud, et surtout très maladroit. Il manqua renverser une bouteille de vin sur le tapis, car pour illustrer sa conversation il s'agitait beaucoup.

Tout cela n'était pas fait pour calmer Joséphine.

– Je ne les ai jamais rencontrés, mais je me rappelle très bien avoir entendu parler d'eux. Papa disait que c'était la fierté de sa vie d'avoir retrouvé tous les membres de cette grande famille. Je n'étais encore qu'un tout petit garçon, mais il était si heureux de les avoir tous réconciliés et « mis en ordre », comme il disait, que j'en étais même un peu jaloux.

» Joséphine, je n'ai jamais bien su ce que faisait papa, dit soudain Carl Gustave avec une petite pointe de nostalgie dans la voix, mais son travail devait être très important car il a reçu des récompenses et des félicitations du monde entier. Il m'a laissé aussi beaucoup d'argent qui me permet maintenant de bien vivre, dans cette confortable maison, sans rien faire de très fatigant, de recevoir mes amis et, si l'occasion m'en est donnée, d'aider ceux qui font appel à moi, en souvenir de lui.

Carl Gustave continuait à penser à voix haute.

– Bon, ici, en bout de table, à la place d'honneur, je placerai notre ami William Roscöe, un vieux collègue de papa. Il se fait un peu gâteux et cette position lui permettra de prendre ses aises, en plus il en sera très flatté et aura l'impression de présider la tablée. Joséphine, je compte sur vous pour veiller à ce qu'il ne manque de rien pendant le repas.

Joséphine répondit en grommelant.

– Bien sûr, bien sûr, comme d'habitude ce gros plein-de-soupe mangera trop, mettra de la sauce sur sa cravate, s'endormira au milieu du repas et ronflera si fort qu'on l'entendra de la rue malgré les fenêtres fermées !

Carl Gustave, qui était peut-être un peu distrait ce jour-là, ne l'entendit pas. Il continuait à placer ses invités autour de la table.

– A ma droite, je mettrai le chef de la famille Zingiber, Amomum Zingiber. A ma gauche, celle que papa appelait la charmante Alpinia Galanga. J'ai bien hâte de la rencontrer celle-là. A l'autre bout de la table je mettrai, à la droite de William, Longa Curcuma et Zedoaria Curcuma à sa gauche. Voyons, qui me reste-t-il à placer ? Cette si délicieuse Aframomum Meleguetta, comme aurait dit papa, viendra se mettre à la droite d'Amomum Zingiber et Elletaria Cardamomum lui fera face, entre Alpinia Galanga et Curcuma Longa.

La tablée prévue par Carl Gustave était ainsi disposée :

C. ZEDOARIA	A MELEGUETTA	A. ZINGIBER
W. ROSCÖE		CARL GUSTAVE
C. LONGA	E. CARDAMOMUM	A. GALANGA

Joséphine semblait très étonnée :

– D'où viennent-ils avec des noms aussi étranges ?

– Ils arrivent d'un peu partout. Amomum Zingiber est brasseur. Il fabrique des boissons fermentées, légèrement alcoolisées et que j'apprécie particulièrement, des bières par exemple. Il vient d'une île perdue de la mer des Caraïbes, une île des Antilles britanniques, la Jamaïque. Là-bas, on l'appelle gingembre ou même *ginger*, ce qui veut dire « roux » dans la langue locale. Drôle de nom, je l'imagine avec une superbe tignasse rousse… J'ai cru comprendre qu'il a fait fortune dans ce pays et qu'il y détient le monopole d'une boisson extraordinaire que tout le monde veut consommer. J'espère qu'il nous en apportera des échantillons.

» Longa Curcuma vient des Indes. Il y serait cuisinier et on me vante dans ce courrier une de ses spécialités pour laquelle il aurait gagné de nombreux prix, le riz aux mille bijoux. Je suis sûr que vous allez être curieuse d'en apprendre la recette, Joséphine. Vous savez comme j'aime les plats exotiques…

Devant la mine fâchée de sa gouvernante, il ajouta :

– Bien sûr, pas autant que votre cuisine, mais une fois de temps en temps… Enfin, j'espère qu'il voudra bien nous en dire le secret.

– Et les autres invités ?

– Voyons… Elletaria Cardamomum tient un salon de thé à

Londres, en Angleterre. « Je vous préparerai des boissons délicieusement parfumées », écrit-elle. Le thé, ce n'est pas ma boisson préférée. Enfin, si cette charmante personne y tient, je ferai peut-être un effort.

» Zedoaria Curcuma est médecin au Japon, spécialiste des troubles de l'estomac, du manque d'appétit et des rhumatismes des genoux. Ce n'est pas encore pour moi, tout cela…

» Alpinia Galanga travaille dans la mode et tient un atelier de confection à Hong-Kong, en Chine. Papa l'appréciait beaucoup. Je me souviens qu'il disait d'elle : « C'est une belle plante ». J'espère que c'est encore vrai, en général dans ce monde-là, on reste toujours svelte et agréable à regarder.

» Aframomum Meleguetta n'a pas écrit de petit mot personnel, mais je sais qu'elle demeure en Guinée, dans la profonde Afrique, où elle pratique la danse du ventre avec un certain succès. Je serais bien curieux d'avoir une petite démonstration, sur la table par exemple. Papa l'appelait Felfelli car elle était, paraît-il, dynamique comme un petit grain de poivre d'Orient, où *Felfel* est le nom de cette épice.

» Ah, comme je suis content de les rencontrer enfin, après tant d'années et tant de choses que papa m'a racontées à leur sujet. Dépêchez-vous, Joséphine, la table n'est pas encore prête ?

2
Où l'on découvre les invités de Carl Gustave

L'attente de Carl Gustave ne fut pas très longue. A midi pile, la sonnette de la porte d'entrée résonna dans la chambre, le salon, la salle à manger et jusqu'à la cuisine.

– Vite, vite, Joséphine, ma veste n'est pas trop chiffonnée ?

Elle l'était en vérité, une affreuse veste à grands carreaux verts et jaunes, mais cela n'avait guère d'importance.

Et c'est avec son plus grand sourire que Carl Gustave ouvrit la porte à ses invités… et tomba à la renverse dans les bras de Joséphine qui se tenait respectueusement à quelques pas derrière lui, allongeant le cou pour voir la mine des mystérieux arrivants.

– Ah… fit-il en s'écroulant.

Joséphine eut à peine le temps de le rattraper par le bord de son veston, mais lorsqu'elle leva la tête, elle poussa un grand cri et manqua de s'évanouir à son tour.

Le spectacle avait de quoi les surprendre. Cependant, le premier invité se présentait très poliment.

– Bonjour, je me nomme Amomum Zingiber, mais on m'appelle Gingembre et même Gingi pour les amis. Ai-je l'honneur d'avoir affaire à Monsieur Carl Gustave Linné fils ?

En disant ces mots, il éventait avec une grande enveloppe Joséphine et Carl Gustave, encore à moitié évanouis à terre.

Voici à peu près la description du premier invité :

Une grosse tête ronde, deux gros bras trapus et velus, un torse massif et des jambes si courtes qu'on semblait ne pas les voir. Il portait une pelisse marron clair, rayée de noir, avec de grandes franges qui lui arrivaient jusqu'au bas des pieds. Ou de ce qui devait lui servir de pieds. Le petit personnage, malgré sa laideur repoussante, était aimable et souriant.

Carl Gustave reprit bientôt ses esprits et sa première pensée, fut pour Joséphine, dont le gros postérieur écrasait ses lunettes qui avaient roulé à terre dans sa chute.

Carl Gustave s'essuyait le front avec son grand mouchoir à carreaux. Ses lunettes avaient été un peu tordues sous le choc mais il ne s'en souciait guère. Joséphine se remettait tout doucement de ses émotions.

– Ce monsieur, à la réflexion, ne vous rappelle-t-il rien ? Réfléchissons, lui dit-il.

– Eh bien, Monsieur Carl Gustave, cela me rappelle très vaguement certains schémas de votre papa, que j'ai pu voir lorsque j'époussetais sa table de travail et qu'il me laissait exceptionnellement entrer dans son bureau, parmi tout son courrier venu du monde entier, ses étranges appareils qui traînaient un peu partout, ses microscopes, ses fioles, son alambic...

– Eh bien moi aussi, je crois que j'ai déjà vu cette tête-là quelque part... Mais où ? Je ne sais plus trop bien.

Carl Gustave s'adressa au dénommé Aframomum Zingiber.

– Je ne vous imaginais pas du tout comme cela, mais je suis ravi de vous rencontrer.

– Votre père ne vous a jamais parlé de nous ?

– Si, si, bien sûr. La famille des Zingiber. J'ai beaucoup entendu parler de vous. Mais, à vrai dire papa, enfin le professeur Carl Gustave Linné, me parlait peu de son travail. J'étais plus intéressé par les jeux de cartes ou le cinéma avec mes amis, qu'à discuter sciences avec lui. Il était sans arrêt plongé dans ses livres ou son matériel de laboratoire et quand il avait quelques moments de repos, c'était pour recevoir ses amis et de nouveau parler sciences, botanique, biologie, chimie, et moi, ça m'ennuyait mortellement.

– Je comprends alors votre étonnement. Mais vous avait-il au moins parlé de nos projets ? Le dépôt d'un brevet pour une nouvelle boisson pétillante qui devait faire fureur dans les cafés et les brasseries ?

– Papa, dans une brasserie ? Vous voulez bien parler du professeur Carl Gustave Linné, de la Faculté des Sciences de Paris ?

– Assurément, du professeur Carl Gustave Linné, de la Faculté des Sciences de Paris, membre émérite de la Faculté des Sciences de Tokyo, professeur honoraire des Facultés de Göteborg, de Zürich et de Hambourg. Il y enseignait la botanique et la phyllogénie, c'est-à-dire les liens de famille entre les plantes. C'est d'ailleurs comme cela que nous avons fait connaissance.

Carl Gustave semblait étonné.

– Non, vraiment non, papa dans une brasserie… Il ne voulait même pas que je prenne une limonade dans les cafés des Grands Boulevards. Alors là vraiment…

– Voici ma cousine, Elletaria Cardamomum, que nous appelons entre nous Cardamome.

Carl Gustave n'en revenait pas. Il n'eut même plus la présence d'esprit de saluer la petite personne qui venait de se planter devant lui. Planter était bien le terme car cette Cardamome avait bien une bouille de petite graine. On ne voyait d'elle qu'une paire de pantalons bouffants jaunes clairs, surmontés d'un buste très fin aux bras courts et d'une petite figure souriante aux yeux vifs.

– Vous pouvez aussi m'appeler Momo, si vous le souhaitez. Ainsi donc, lui dit-elle d'une voix flûtée, votre papa ne vous a jamais parlé de moi ? Quel dommage ! Un homme si charmant et qui aimait tellement me plonger dans son thé.

– Vous plonger dans son thé ? Je ne vois pas très bien papa, enfin le professeur Carl Gustave Linné, se livrer à de telles excentricités. Vous m'étonnez décidément beaucoup.

Aframomum Zingiber continuait les présentations :

– Le docteur Zedoaria Curcuma, que nous nous permettons d'appeler familièrement Zédoaire ou mieux encore Zédo.

– Docteur, enchantés, balbutièrent en cœur Carl Gustave et Joséphine.

Zédoaire était encore plus affreux que les deux autres.

Une tête ronde et chauve, deux grands bras velus qui pendaient bêtement... Mais on voyait surtout ses jambes maigres qui semblaient partir de son cou tant elles étaient longues ; elles se terminaient en deux énormes renflements qui devaient lui faire usage de pieds. Le docteur Zedoaria Curcuma portait une paire de lunettes rondes et une calotte noire qui tentait vainement de cacher sa calvitie.

– Enchanté également, bien que je sois très déçu, jeune homme, que votre cher père ne vous ait pas senti digne de vous faire part de ses travaux et partager son enthousiasme pour le résultat de nos recherches. Enfin, j'espère que nous pourrons compter sur vous pour la mission que nous devons vous confier.

Devant ces reproches, Carl Gustave rougit et balbutia :

– C'est-à-dire que je ne connaissais pas, à l'époque, l'importance des travaux dont vous me parlez... Je peux vous demander de quoi il s'agissait exactement ? J'aurai peut-être quelque souvenir…

– Je ne suis pas sûr maintenant que vous y compreniez grand chose, mais enfin, essayons… Nous avions présenté à l'Académie des Sciences les résultats d'une étude, très importante pour l'humanité, qui mettait en évidence l'activité antifongique de l'*éthyle para méthoxy cinnamate*. C'est une substance chimique complexe que l'on extrait de mon rhizome.

Il disait cela en montrant les boursouflures qui lui servaient de pied.

– En d'autres mots, c'est un produit qui détruit les champignons microscopiques qui se multiplient un peu partout et causent beaucoup de maladies, dont certaines sont mortelles. La disparition de votre papa m'a empêché de mener à bien la préparation d'un dossier que j'aurais soumis au ministère de la Santé. Nous aurions commercialisé ce nouveau médicament miracle. Et nous aurions gagné beaucoup d'argent !

– Quel dommage pour vous, Monsieur Zédoaire !

– Je vous remercie. Mais sachez en plus que nous avions fait des découvertes fantastiques sur mes enzymes, ces produits miracles que je tiens en réserve dans mes rhyzomes. Votre papa cherchait à mettre au point un procédé pour attendrir les viandes, c'est-à-dire les rendre plus facile à mâcher et à mastiquer.

Mes enzymes sont fabuleuses pour ce boulot. Bien sûr, des maquignons et autres vendeurs de vieille carne en gros étaient très intéressés, car cela leur aurait permis de vendre du vieux bouc au prix du jeune chevreau. Votre papa, entièrement plongé dans ses sciences, a failli se faire avoir. Heureusement, je l'avais averti du danger. Il ne fallait pas gaspiller de si bonnes enzymes ! Pour ma part, je m'intéressais plutôt aux crèmes amincissantes car je sais que mes enzymes sont très efficaces pour lutter contre les vilains bourrelets qui déplaisent tant aux dames. Hélas, d'autres concurrents, comme Ananas, un bien lointain cousin, m'ont devancé. Bien malheureusement encore une fois pour mon porte-monnaie.

– Papa s'intéressant aux viandes en gros et aux crèmes amincissantes ? Je ne le vois vraiment pas dans ce genre de commerce. Mais je me suis peut-être trompé car je m'aperçois que je ne connaissais pas vraiment papa. Cela me rend tout triste.

Carl Gustave et Joséphine étaient maintenant affalés sur le canapé du petit salon. Ils étaient tous deux complètement abasourdis par l'aspect et les discours de leurs invités. Carl Gustave paraissait particulièrement affligé. Amomum Zingiber reprit la parole :

– Voici maintenant Curcuma Longa. Compte-tenu de sa taille, il est inutile de rappeler son nom de famille et je pourrai vous le présenter comme Curcuma, tout simplement.

En effet, Curcuma était le plus grand des personnages présents. Chez lui, tout était long : les jambes, terminées par d'infâmes boursouflures, les bras qui s'ouvraient comme les manches d'un parapluie mais dont les doigts étaient à peine visibles, le cou et le visage cependant aimable malgré un épouvantable teint jaunâtre.

– Monsieur… se contenta de dire Carl Gustave en hochant la tête, désespéré. Joséphine regardait Curcuma avec intérêt et de multiples questions d'ordre culinaire lui brûlaient les lèvres mais elle n'osa dire un mot.

– Et voici Alpinia Galanga, que nous appelons Galanga.

– Dites-moi, avez-vous reçu mon petit mot ? questionna Galanga en s'approchant de Carl Gustave, je suis si heureuse de vous rencontrer enfin. Votre papa nous parlait beaucoup de vous lorsque vous étiez enfant, même si vous ne lui apportiez pas toutes les satisfactions qu'un grand savant comme lui pouvait espérer de sa progéniture, mais à chacun son destin.

Carl Gustave hochait la tête en écoutant Galanga et lui jetait des regards affolés. Pourtant cette nouvelle amie était certainement la moins déplaisante de tous les invités du jour.

Elle était élégamment vêtue d'un costume soyeux, alternant le blanc et le vert, qui la couvrait de la tête aux pieds en formant des couches superposées comme les tuniques d'un oignon.

Contrairement à ses cousins, Galanga avait un cou court et son joli visage souriant était comme caché dans les plis de sa tunique. Ses pieds cependant s'étalaient, eux aussi, en un amas glauque et difforme.

Joséphine commençait à reprendre de la vigueur.

– Monsieur, s'il en est ainsi... Et sans vouloir offenser vos invités, je préfère... Je préfère rendre mon tablier.

– Calmez-vous, Joséphine. Nos invités ne sont pas ordinaires, mais ils semblent avoir bien connu papa, ce qui est très rassurant. Bien qu'à les entendre, je me demande si nous avons vraiment côtoyé la même personne... Ils ont certainement des tas de choses à nous dire et à nous raconter. Je crois que je commence un peu à comprendre la situation.

Carl Gustave était maintenant plongé dans ses souvenirs, et une grande ride barrait son front. Quand il réfléchissait comme cela *(ce qui lui arrivait quand même très rarement, il faut bien l'avouer)*, Carl Gustave avait une drôle de manie. Il enlevait ses lunettes et en mordillait les branches tout en déambulant dans la pièce.

– Oui, oui. Je crois que je commence un peu à comprendre la situation. Ne feriez-vous pas partie de ces plantes que papa étudiait depuis tant d'années ?

– Exactement, répondit Gingembre, je vois que l'esprit vous

revient ! C'est à votre père, le grand professeur Carl Gustave Linné, que nous devons notre classification et la formation de notre famille, les Zingiber. Sans ses recherches et celles de son ami William Roscöe, nous ne serions que de vulgaires végétaux, sans parenté, sans avenir. Nous sommes maintenant connus dans le monde entier. Tout dernièrement, nous avons été sélectionnés pour recevoir une grande récompense, « l'Epice d'Or », que l'on attribue une fois tous les dix ans à la famille de plantes qui offre les plus fines saveurs et les arômes les plus délicieux. Nous avons même créé un site internet sur notre famille. Il a beaucoup de succès.

Amomum Zingiber n'était pas peu fier en racontant cela.

– La famille des Zingiber ! Et dire que pendant si longtemps je vous ai pris pour des gens comme vous et moi, dit Carl Gustave en se frappant le crâne. *(Vous ai-je dit qu'il était presque chauve ?)*

» Pas tout à fait cependant, un peu plus mystérieux car je ne vous voyais jamais. Et pour cause. Oh, mais quelle surprise… Ah, il faut que je me remette de mes émotions. En attendant le professeur Roscöe peut-être pourrions-nous boire quelque chose. Voulez-vous un cigare, Monsieur Gingembre ?

– Non, vraiment non, répondit celui-ci, plutôt fâché. Quand je pense à ma lointaine nièce que l'on cueille, que l'on fait sécher sans ménagement, que l'on roule, que l'on coupe, que l'on compresse et que l'on brûle à petits bouts, je suis effondré. Quelle horreur de vous voir avec cette chose à la bouche, cela me fait frémir.

Carl Gustave, soudain gêné, ôta le cigare de ses lèvres, cette « chose » qu'il venait d'allumer, et s'excusa.

– Evidemment, si c'est une de vos nièces, je me sens un peu coupable…

– Monsieur, si je m'en tiens à votre plan de table, il nous manque encore un invité, fit remarquer Joséphine.

– Vraiment ? …Monsieur Gingembre ?

– Je vous arrête, lui répondit celui-ci, l'un d'entre nous n'est effectivement pas au rendez-vous, et c'est pour cela que nous sommes venus vous voir aujourd'hui. Aframomum Meleguetta, Maniguette pour sa famille et ses amis, a disparu !

3

Où l'on apprend la disparition de Maniguette

Carl Gustave était si étonné qu'il n'arrivait plus à prononcer qu'un seul mot : « Bien, bien, bien ». Joséphine pleurnichait dans son coin en se frottant les yeux avec son tablier :

– Des plantes, des plantes. Nous voilà bien, hoquetait-elle, et moi qui ai préparé un poulet fermier, c'était bien la peine…

– En effet, répondit Gingembre un peu sèchement, nous ne nous nourrissons que de l'eau du ciel et des éléments minéraux que la terre veut bien nous offrir.

– Bien, bien, bien, continuait Carl Gustave en frottant ses lunettes avec le torchon sale de Joséphine. Bien, bien, bien… Un régime ne fera pas de mal à mon embonpoint.

(Vous ai-je dit que Carl Gustave avait beaucoup, beaucoup de kilos en trop ?)

» Puisque j'ai promis de vous aider, nous allons enquêter.

Il n'était pas homme à se laisser abattre. Il se remit de ses émotions, sortit son ordinateur portable de son bureau, s'installa bien confortablement et questionna ainsi ses nouveaux amis :

– Donnez-moi le maximum d'information sur votre cousine. A-t-elle des pieds ou plutôt des rhizomes comme vous ? Carl Gustave hésitait encore à fixer les boursouflures terminales de ses nouveaux amis en prononçant ces mots. Et puis a-t-elle une grosse figure comme la vôtre ? Enfin, je veux dire…

Comme il était maladroit ce pauvre Carl Gustave ! Il n'arrêtait pas de rougir.

– Monsieur Gingembre, aidez-moi. Avez-vous au moins sa photo, un portrait, un signe distinctif, je ne sais pas moi…

– Un signe distinctif ? Je ne vois pas trop, répondit

Gingembre, mais puisque vous avez accepté de nous aider, appelez-moi Gingi. Ah, je me rappelle maintenant, voilà ce qui est inscrit sur son passeport : « Signe particulier : renferme du paradol ». Et il inscrivit une drôle de formule sur un petit bout de papier qu'il tendit à Carl Gustave.

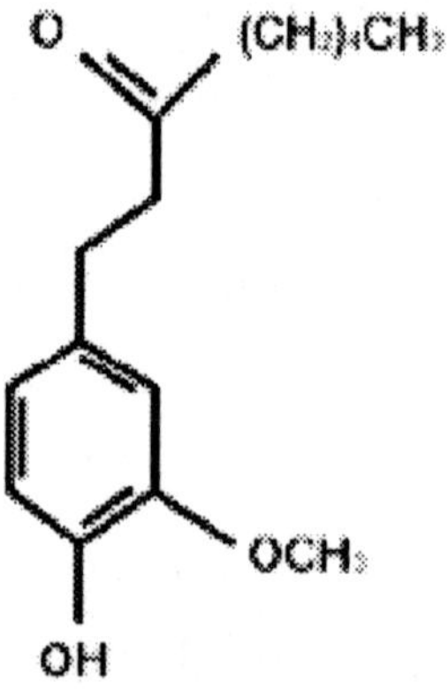

– Ah ! fit celui-ci après avoir essuyé plusieurs fois ses lunettes. Je dois vous dire, Gingi, que cela ne m'éclaire pas beaucoup. N'y a-t-il donc rien d'autre ?

Zédoaire intervint :

– Quand on lui coupe un petit bout de tige – je vous rassure, précisa-t-il pour Carl Gustave qui avait brusquement pâli, c'est comme si on coupait un poil de votre barbe ou un petit morceau de votre ongle – et qu'on le regarde au microscope, on voit ceci.

Et à son tour, il se mit à griffonner de drôles de choses sur un petit morceau de papier :

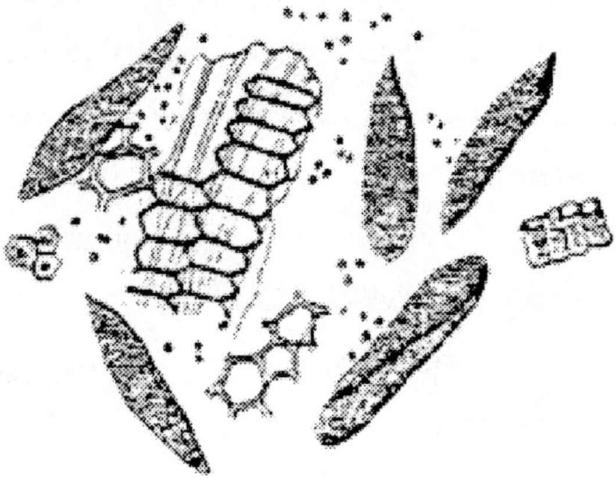

– Ah oui, fit Carl Gustave. Et vous croyez qu'en lançant une recherche sur internet avec tout ça on arrivera à un résultat ? Sincèrement, j'ai des doutes. Enfin, nous pouvons toujours essayer, soupira-t-il.

Curcuma toussa dans son coin pour attirer l'attention et prit la parole à son tour.

– Il y a un très sage proverbe oriental qui dit : « Attache ton chameau avant de demander à Dieu de t'aider à le garder ». Ne croyez-vous pas que nous devrions tous réfléchir à un plan ?

– Utiliser une démarche scientifique pour une fois, fit Zédoaire de sa voix grave.

– D'accord, admit Carl Gustave. Qui aurait une idée ?

Les petites plantes se regardèrent et leur conversation prit un tour très animé. Elles se frottaient les tiges l'une à l'autre en secouant leurs gros rhizomes. Le spectacle n'était vraiment pas agréable à voir. Mais, il faut l'avouer, Carl Gustave, et même Joséphine, commençaient à s'habituer à leurs hôtes incongrus et attendaient patiemment la fin de leurs conciliabules.

– Hem hem, fit Carl Gustave, tout en mâchonnant les branches de ses lunettes (ce qui était très bon signe), quel est celui d'entre vous qui aurait vu mademoiselle Maniguette pour la dernière fois ?

– Voilà enfin une question intelligente ! s'exclama Zédoaire.

4
Où l'on reprend tout depuis le début

Gingembre prit la parole. L'émotion et la tristesse lui donnaient des sanglots dans la voix, et certains mots échappaient à Carl Gustave. Mais voici à peu près ce qu'il raconta :

– Toute notre famille, les Zingiber donc, devait se réunir pour la remise du prix de l'Epice d'Or, préparer le discours que je devais déclamer, nos costumes, le maquillage de ces dames, éventuellement écrire un petit sketch, quelques histoires drôles ou un bon mot en hommage à votre papa, le grand professeur

Carl Gustave Linné. Nous devions tous nous revoir non loin d'ici, dans un grand restaurant en bord de Seine. Maniguette, bien sûr, devait être des nôtres.

– Pauvre Maniguette, soupira Galanga.

– Nous savons de bonne source, continua Gingembre, qu'elle a pris le vol Conakry-Paris, il y a quelques semaines. Elle avait réussi à embarquer dans les bagages d'un grand marabout, un sorcier africain, qui venait voir sa famille à Paris. Elle est arrivée à destination, nous en sommes persuadés, car nous avons retrouvé ses traces au contrôle douanier de l'aéroport de Roissy.

– Le marabout qui l'accompagnait avait fière allure, continua Galanga, suivi de ses trois femmes, toutes vêtues de boubous chamarrés aux couleurs éclatantes, coiffées de magnifiques turbans en soie et parées de grands colliers en coquillages. Et surtout escorté de ses quatorze enfants, âgés de 3 mois à 12 ans, tous pleurant, criant, courant en tout sens dans les couloirs de l'aéroport. Oh non, leur arrivée n'est pas passée inaperçue et le douanier n'a pas hésité un instant à leur demander d'ouvrir les bagages. Tous les bagages : trois valises par femme, plus deux baluchons par enfant et cinq sacs en plastique pour le marabout. Des coquillages, un tambour recouvert de peau de chèvre, deux poulets boucanés, de la poudre de manioc, des graines de caroube pour les douleurs des petits ventres, de l'argile verte pour adoucir la voix quand on crie trop après les enfants, des patates douces pour le petit déjeuner, et bien d'autres choses encore, et puis surtout notre amie Maniguette, soigneusement répertoriée par les douaniers : « poivre de Guinée, graine de paradis ».

– C'est d'ailleurs avec ces mots que nous avons pu la retrouver, intervint Curcuma. Nous nous sommes introduits, de nuit, dans le fichier informatique des douaniers et nous avons pu l'identifier en lançant une recherche sur le mot « poivre ».

– Nous savons depuis longtemps que notre cousine Maniguette est une petite farceuse. Elle aime à voyager sous des noms d'emprunt parfois un peu fantaisistes, commenta Gingembre. « Poivre » est l'un de ses pseudonymes favoris. Elle cherche souvent à se faire passer pour cette épice, une de nos très lointaines cousines.

A la seule évocation du mot « farceuse », les plantes s'étaient remises à gémir.

– Pauvre Maniguette, pleurnichait Galanga dont la sève débordait en flot sur le parquet, au grand désespoir de Joséphine.

– Notre chère petite Maniguette… surenchérissait Cardamome qui tentait d'essuyer avec ses grands bras, ou ses grandes feuilles, le liquide sirupeux qui s'écoulait de partout.

– Bien, interrompit Carl Gustave que ces gémissements commençaient à exaspérer, et après ?

– Le document de douane indiquait que l'ensemble des bagages, après inspection, avait été rendu à son propriétaire, répondit Gingembre. Tous les bagages sans exception. Donc, Maniguette est bien arrivée saine et sauve sur le pavé de Paris. Mais depuis, hop, disparue, envolée, volatilisée…

– Vous avez oublié « enlevée », ajouta Carl Gustave qui, décidément, avait de plus en plus de remarques pertinentes. Oui, « enlevée ». Mais par qui ? Qui aurait eu intérêt à kidnapper Maniguette ?

– J'ai peut-être une idée, suggéra Cardamome.

5

Où l'on étudie les propositions de Cardamome, alias Momo, et où l'on met dangereusement à contribution le professeur Roscöe

Carl Gustave, les petites plantes et Joséphine entourèrent Cardamome et se mirent à la questionner en tous sens.

– Alors Momo, alors, tu penses à quoi dis, dis-nous vite ?

– Eh bien, voilà. Dans mon salon de thé, à Londres, j'en entends des choses… Je travaille dans le quartier des grands restaurants et les meilleurs chefs de cuisine profitent souvent de quelques minutes entre la préparation des repas du midi et ceux du soir pour se reposer un peu chez moi. Je viens parfois secouer mes jupes dans leur thé, histoire de donner à cette boisson une petite saveur épicée et citronnée qu'ils apprécient particulièrement. Tout en plongeant et replongeant dans le liquide bouillant, sans que personne ne me remarque vraiment, j'écoute leurs conversations.

– Alors, Momo, alors… Que disent-ils et quel rapport avec Maniguette ?

– Dernièrement, les grands cuisiniers ont tenu un congrès et ont voté pour élire le meilleur d'entre eux. Celui qui prépare la cuisine la plus délicieuse, la plus raffinée, la plus originale. C'est un chef parisien qui a reçu le grand prix cette année…

– Et alors, Momo ?

– Attendez, vous verrez bien. Son restaurant s'appelle *La Statue d'Or* et propose aux amateurs de cuisine exotique des spécialités gréco-libano-turco-perses.

– Quel nom compliqué ! Mais notre pauvre Maniguette dans tout cela ?

– Il paraît que pour satisfaire sa clientèle, notre chef est obligé d'acheter toutes les épices vendues sur les marchés de Paris. J'ai bien peur que notre Maniguette ait fini par arriver dans ses cuisines, car quoi de plus apprécié qu'un repas agrémenté avec Maniguette. C'est moi, Cardamome, qui vous le dit.

– Qu'en pensez-vous Carl Gustave ? demanda Gingembre.

Carl Gustave était en train de dévorer ses lunettes, ce qui prouvait à quel point sa réflexion était intense.

– Ce n'est pas si stupide, finit-il par dire, oui vraiment cela me semble une bonne piste. Mais que fait-on ? On rentre dans le restaurant et on demande au patron : « Nous recherchons notre amie Maniguette, ne serait-elle pas chez vous par hasard ? »

– Non, surtout pas… crièrent toutes les petites plantes en même temps. Il ne faut pas éveiller ses soupçons. Cela serait le meilleur moyen pour qu'il se méfie, aille enfermer Maniguette au fond d'un placard et que l'on ne la retrouve jamais.

– Alors ? soupira Carl Gustave. Que devons-nous faire ?

– Notre ami William Roscöe ne devait-il pas se joindre à nous pour le déjeuner ? demanda soudain Zédoaire.

– Oui, et je suis d'ailleurs étonné qu'il ne soit pas encore là.

– Je suis là, mes amis ! Je viens d'arriver, répondit en écho une voix qui venait de l'entrée.

– William, enfin ! s'exclama Carl Gustave en s'essuyant le front avec son grand mouchoir à carreaux, je suis si soulagé et si heureux de vous voir. Ah, si vous saviez…

– J'ai tout entendu Carl Gustave, et je suis bien inquiet pour Maniguette. Votre piste m'a semblé très intéressante et c'est de tout cœur que je suis prêt à vous aider.

Le professeur William Roscöe venait de franchir le seuil et il avait encore son manteau sur le dos et son chapeau sur la tête. C'était un vieux monsieur tout courbé sous le poids de l'âge et du savoir.

– Je connais ce restaurant de réputation. Je me fais un devoir d'y aller pour commander un repas composé de plats nombreux et variés et rechercher ainsi notre amie Maniguette.

– Alors, allons-y immédiatement ! Gardez votre manteau et votre chapeau, je vous accompagne.

– Et mon déjeuner ? s'indigna Joséphine.

– Pour une prochaine fois, Maniguette n'attend pas.

Le restaurant n'était pas loin. Le professeur Roscöe préféra y entrer seul, craignant que les gaffes et les maladresses de Carl Gustave ne fassent échouer le plan.

(Vous ai-je déjà dit que Carl Gustave était particulièrement gaffeur ?)

Quant à nos petites plantes, elles préférèrent rester dehors, n'ayant aucune envie de finir dans un court-bouillon ou un fond de sauce du chef cuisinier.

On installa le professeur Roscöe à une table, dans un coin tranquille, près d'une cheminée où brûlait un grand feu, entre la porte de la cuisine et celle des toilettes. Le professeur Roscöe demanda la carte des spécialités, accrocha une belle serviette blanche à son cou et commanda ainsi son repas :

– En entrée, je prendrai : taboulé libanais avec semoule de blé, tomates et feuilles de menthe ; salade grecque avec fromage de brebis frais, tomates et olives noires ; croissant feuilleté turc ; caviar *Beluga* de la mer Caspienne, le tout arrosé d'un petit rosé frais des coteaux de Byblos.

» En plat principal, donnez-moi : mouton mariné aux aromates ; moussaka à la viande hachée et aux aubergines ; brochettes de saumon du Bosphore ; riz aux fèves et à la grenade, le tout arrosé d'un petit vin résiné des coteaux du Péloponnèse.

» En dessert, ce sera : cornes de gazelle feuilletées à la pistache ; fruits confits : angélique, cédrats, mandarines ; loukoums à la rose ; glace au safran, le tout arrosé de lait fermenté aromatisé à la rose.

» Enfin, vous me servirez, en digestif, un vrai café turc bien fort.

– Bien Monsieur, répondit le serveur un peu étonné. Je vois que Monsieur est amateur de cuisine orientale. Monsieur ne sera pas déçu.

– J'y compte bien, répondit le professeur qui ne savait pas encore ce qui l'attendait.

Au fur et à mesure que les plats arrivaient, le professeur Roscöe notait sur un petit carnet, aussi discrètement qu'il le pouvait, les épices et aromates que contenait chacun des plats :

menthe, aneth, safran, ail, poivre, cannelle, girofle mais toujours pas de Maniguette.

Au tout début du repas, le professeur Roscöe s'était senti très bien. En arrivant chez Carl Gustave, il s'attendait à un excellent et copieux repas comme Joséphine savait les préparer. Il avait donc grand appétit et avait attaqué les premiers plats avec beaucoup d'enthousiasme.

Après les entrées, il s'était senti un peu chaud, un peu rouge et un tout petit peu serré dans ses chaussures.

Aucune importance. Dans son coin tranquille, personne n'avait remarqué qu'il avait enlevé ses souliers lorsque le garçon lui avait servi un troisième verre de rosé frais des coteaux de Byblos.

Au milieu du plat principal, ou plutôt des plats principaux, le professeur Roscöe avait eu comme un léger malaise : une bouffée de chaleur, de la sueur dans la paume des mains et la cravate qui commençait à lui serrer le cou.

Aucune importance, dans son coin tranquille, personne n'avait remarqué qu'il avait enlevé sa cravate et qu'il s'éventait avec le menu lorsque le garçon lui avait servi un quatrième verre de vin résiné des coteaux du Péloponnèse.

Le professeur Roscöe avait cependant de plus en plus de mal à prendre des notes : aneth, non anis ou plutôt badiane ou peut-être coriandre. Enfin toujours pas de Maniguette.

Pour le dessert, ou plutôt les desserts, le professeur Roscöe faillit demander grâce et dire au garçon qu'il était suffisamment rassasié pour la journée, peut-être même pour la semaine. Mais à l'extérieur du restaurant, à travers la vitre, il avait vu ses amis qui le regardaient avec tant d'espoir qu'il n'avait pas eu le courage d'arrêter son déjeuner. Ses idées se troublaient, il avait de plus en plus chaud et avait fini par enlever sa veste et défaire les deux premiers boutons de sa chemise car il avait l'impression que sa poitrine avait gonflé, gonflé.

On lui apporta les desserts accompagnés du lait fermenté. La boisson lui fit un peu de bien ainsi que la glace au safran mais il ne put avaler qu'un petit bout des cornes de gazelle feuilletées à la pistache, des fruits confits et des loukoums à la rose. Quand on lui servit le café, William Roscöe s'effondra sur la table.

– Au secours ! s'écria le garçon, le critique gastronomique de la table douze vient d'avoir un malaise. Quelle catastrophe, quel malheur ! Pourvu qu'il ne soit pas mort !

Apercevant cette agitation, Carl Gustave, qui attendait toujours devant le restaurant avec les petites plantes, se précipita suivi de tous ses amis pour secourir le vieux professeur.

– William, William ! Répondez-moi ! Vous n'êtes pas mort ?

– Bien sûr que je ne suis pas mort, sinon je ne vous répondrai

pas ! Mais hélas, je souffre d'une terrible indigestion et je n'ai même pas retrouvé notre amie Maniguette.

Le patron du restaurant, le grand chef cuisinier, avait jailli de sa cuisine pour secourir son client. Il parut très étonné par les derniers mots du professeur Roscöe.

– Votre amie Maniguette ? Vous n'êtes donc pas un critique gastronomique ?

– Pas du tout et je le regrette, car j'aurais dit le plus grand bien de votre restaurant, mais j'aurais ajouté qu'il faut goûter les plats et les vins avec plus de modération que je ne l'ai fait. Puisque vous avez tout entendu, maintenant je peux vous l'avouer, nous recherchons une de nos amies, Maniguette, qui a disparu.

– Maniguette, Maniguette, cette délicieuse épice légèrement poivrée ? Cela fait un bon moment que je ne la vois plus sur aucun marché de la capitale. Attendez que je me souvienne… L'autre jour des personnages un peu louches sont venus me proposer quelque chose qui pourrait bien avoir un rapport avec votre amie Maniguette…

6
Où Curcuma nous fait de bien étranges confidences

Le pauvre professeur Roscöe reprenait quelques couleurs, allongé sur un canapé, les pieds un peu surélevés et une serviette fraîche sur la tête. Galanga l'éventait de ses feuilles.

Le vieil homme finit par s'endormir paisiblement. Ses amis s'éloignèrent le plus loin possible de ses terribles ronflements pour continuer leur conversation avec le chef cuisinier.

– Un jour, effectivement, deux ou trois hommes que je n'avais jamais vus sont venus s'installer dans le restaurant. Comme votre ami l'a fait, ils ont commandé un grand nombre de plats, ce qui a attiré mon attention. La concurrence est rude et avec le trophée que j'ai gagné comme vous le savez, les jaloux ne manquent pas. Il y a aussi les critiques gastronomiques qui peuvent détruire votre réputation et votre clientèle avec un seul article. Après le repas, je suis venu discuter avec ces gens-là pour m'assurer de leurs intentions. « Très raffiné, excellent repas », m'ont-ils dit, « et vos prix, très raisonnables ! Mais, si vous le voulez, on pourrait vous aider à mieux gagner votre vie. On peut vous proposer des produits de remplacement, presque aussi vrais que les originaux, mais bien moins chers. Vos clients n'y verront que du feu, et vous, vous empocherez la différence.

Bien sûr, j'ai tout de suite imaginé de quoi ils parlaient.

– Moi aussi, dit Curcuma en rougissant. (Ce qui, compte tenu de son teint jaune d'origine, lui donna une couleur orange très spéciale.)

– Et vous comprendrez alors, continua le chef cuisinier, pourquoi je les ai immédiatement mis dehors après avoir encaissé le montant de leurs déjeuners.

– Bien sûr, bien sûr, acquiesça Curcuma, l'air de plus en plus penaud.

– Moi, je ne vois pas du tout, dit Carl Gustave.

Curcuma soupira une première fois.

– J'y avais effectivement pensé, dit-il très timidement, mais je n'osais pas en parler.

Et il soupira de nouveau, encore plus fort.

– Enfin expliquez-moi, se fâcha Carl Gustave en tapant du pied. Je n'y comprends rien. Monsieur Gingembre, je vous écoute.

Curcuma soupira encore et essuya même un peu de sève qui coulait de ses feuilles.

– Enfin, s'impatientait Carl Gustave, le temps est compté pour Maniguette, que signifie tout cela ?

Carl Gustave était très remonté. Personne ne l'avait jamais vu encore comme cela.

(Vous ai-je déjà dit que d'ordinaire Carl Gustave était plutôt de tempérament mou et calme, un peu trop mou même parfois ?)

– Eh bien voilà, expliqua Curcuma avec beaucoup d'hésitation, il arrive parfois que l'on remplace une chose par une autre…

– Et alors ? questionna Carl Gustave.

– Que l'on remplace très exactement une chose rare et chère par une autre un peu moins rare et beaucoup moins chère mais qui lui ressemble beaucoup. Cela s'appelle de la falsification. Moi-même je dois avouer que… soupira Curcuma une nouvelle fois très très fort… Moi-même, il m'est arrivé de prendre la place de mon lointain cousin Safran.

– Ah oui, vraiment ? s'étonna Carl Gustave.

– Oui, nous sommes tous les deux de teint un peu jaunâtre, bien qu'en réalité mon cousin tire plus vers le rouge violacé, mais allez savoir pourquoi la plupart des gens s'imaginent que le safran c'est jaune. Alors, il m'est assez facile de le remplacer.Parfois. Il faut dire que mon cousin est très cher car on le recueille à la main, sur les hauts plateaux d'Iran, à partir du cœur des fleurs de crocus. Si par hasard je viens me mélanger un peu à lui, ou même parfois prendre sa place – mais ça c'est uniquement pour des gens pas renseignés du tout – cela permet à de personnages peu honnêtes de vendre un kilo d'épice plus ordinaire au prix d'un kilo de safran. C'est-à-dire la valeur d'un petit kilo d'or.

– Incroyable ! s'exclama Carl Gustave, le prix d'un kilo d'or. Mais ce n'est pas beau du tout cela, Monsieur Curcuma, vous devriez avoir honte.

– Oui, j'ai honte, soupira encore Curcuma.

– Et papa, le professeur Carl Gustave Linné, était au courant de toutes ces histoires-là ?

– Oh oui, bien sûr, et lui et ses collègues avaient inventé un procédé pour empêcher la falsification des épices. Mais depuis sa disparition, de malhonnêtes gens s'en donnent à cœur joie.

– Mais quel rapport avec Maniguette ?

– Eh bien Monsieur, c'était le chef cuisinier qui intervenait, dans cette histoire, votre amie Maniguette joue le rôle du safran. Maniguette est rare, chère, délicieusement parfumée et l'on pourrait être tenté d'essayer, je dis bien essayer, de la remplacer par du poivre. Du poivre gris, du poivre blanc ou du poivre noir, aucune importance.

– Et ces messieurs peu recommandables qui font ce genre de trafic, vous les connaissez Curcuma ? demanda Carl Gustave qui, décidément, prenait les choses en main.

(Vous ai-je dit que d'ordinaire il attendait plutôt que les choses se fassent toutes seules ?)

– Oui, avoua Curcuma tout penaud.

– Alors, à vous de jouer Curcuma. Et où faut-il donc aller pour rencontrer ces beaux messieurs ?

7

Où Carl Gustave a affaire à des personnages peu recommandables

Curcuma donna l'adresse d'un grand entrepôt situé en banlieue. Carl Gustave proposa de l'accompagner.

– Allons-y tout de suite, Maniguette ne doit pas attendre.

Galanga tournait autour de Carl Gustave en étudiant son costume :

– Du calme, dit-il, votre tenue ne convient réellement pas à ce genre de visite. Auriez-vous dans votre garde-robe un pantalon un peu moins…

(On vous a déjà signalé qu'il avait un costume de vieux garçon négligé.)

– Un peu moins… Enfin, un peu plus à la mode ?

– Non, je n'ai rien d'autre, mais vous croyez vraiment que cela soit nécessaire ? s'étonna Carl Gustave.

– Absolument ! Je vous propose un petit détour par les Grands Magasins, suggéra Galanga. Nous vous habillerons de pied en cape.

– Si vous le jugez indispensable, soupira Carl Gustave.

C'est ainsi que quelques heures plus tard, ils se retrouvèrent tous devant des entrepôts sinistres, proches d'une gare de triage d'une ville de banlieue tout aussi sombre.

Vous n'auriez pas reconnu Carl Gustave tant il était transformé : pantalon en jean *Devis* à la dernière mode, ceinture en cuir souple de chez *Bore*, chaussures en daim de chez *Westard*, chemise unie bleu ciel de chez *Loston*, blouson en daim également, de chez *Douglard*. Un autre homme !

Curcuma tremblait de toutes ses feuilles et devenait de plus en plus jaune au fur et à mesure qu'ils approchaient.

– Et s'ils me gardaient, et s'ils ne me laissaient plus repartir ? gémit-il.

– Mais non, je suis là, le rassurait tant bien que mal Carl Gustave, je vous défendrai.

– J'ai peur, j'ai peur !

Les feuilles – enfin les bras – de Curcuma pendaient lamentablement. Il commença à répandre de la sève sur le pantalon, la chemise, le blouson et les chaussures de Carl Gustave.

– Curcuma, faites attention ! Vous me tachez partout et si cela doit vous mettre dans cet état là, vous ne me servirez à rien. Je préfère y aller tout seul.

(C'était bien la première fois que Carl Gustave prenait une décision aussi héroïque.)

Il entra donc tout seul dans le grand entrepôt. La lourde porte métallique grinçait terriblement. Craaaa… De quoi faire fuir les plus courageux. Mais pas Carl Gustave.

Tout d'abord, il ne vit rien. Le bâtiment était plongé dans l'obscurité. Puis il distingua autour de lui des piles et des piles de caisses, de boîtes, de cartons, de machins et de trucs. Peu à peu, il entrevit mieux les détails de tout ce fatras. Piles de chemises, piles de montres, piles de valises, piles de tas de choses.

Et, tout au fond derrière les piles, trois bonshommes assis à une petite table buvaient de la bière tout en jouant aux cartes.

– Messieurs ! salua très courageusement Carl Gustave.

Les trois hommes arrêtèrent de jouer, levèrent leurs vilaines figures et grognèrent.

– Qu'est-ce que vous faites ici, qui vous a donné notre adresse ?

– Un ami, un ami très sûr, répondit Carl Gustave.

– Que cherchez-vous ? grognèrent-ils encore en entourant Carl Gustave. On n'a pas le droit d'entrer, vous savez.

Et ils disaient cela d'un air très menaçant, mais Carl Gustave ne tremblait pas pour autant.

– Je viens juste pour un petit renseignement, je ne vous dérangerai pas.

– On n'est pas une agence de renseignements ici, surtout pas une agence de renseignements, si tu vois ce que je veux dire.

Là, Carl Gustave se troubla un peu. Il avait pourtant répété avec ses amis ce qu'il devait dire, et voilà qu'il parlait de « renseignement ». Et pourquoi pas de police pendant qu'il y était.

(Je crois vous avoir déjà dit que Carl Gustave était un affreux gaffeur.)

– En fait, je cherche des choses…

– De mieux en mieux. Des choses. Et quelle sorte de choses ?

Ils étaient de plus en plus menaçants.

Carl Gustave n'en menait pas large. Il se mit à bafouiller et sortit son grand mouchoir à carreaux pour essuyer ses lunettes.

(Le mouchoir à carreaux, c'était la seule pièce qui lui restait de son ancien costume, c'était pour lui comme un porte-bonheur.)

– Je, je, je ne sais pas moi, bafouillait-il. Qu'est-ce que vous vendez de beau ici ?

– Tu te crois où ?

– Eh bien, ma foi…

Les vilains bonshommes ne laissèrent pas Carl Gustave finir sa phrase et se mirent à lui retirer l'un après l'autre tous ses habits.

– Tu vois, là on stocke des blousons, des vestes… Pas des *Douglard* comme le tien, mais plutôt des *D'abord*, des *Dibard* ou des *Douboud*, presque pareils mais un peu moins bien ; et puis des chaussures, pas des chaussures *Westard*, non plutôt des *Ouesterne*, presque pareilles, bien imitées…

Les vilains bonshommes avaient forcé Carl Gustave à s'asseoir sur une vieille chaise rouillée et lui enlevaient ses chaussures.

– Et puis, c'est pareil pour les chemises, et puis pour les pantalons et puis on s'arrêtera là, dirent enfin les méchants en éclatant de rire et en se moquant de Carl Gustave.

En effet, notre pauvre Carl Gustave était en gilet de corps, en caleçon, en chaussettes et mouchoir à carreaux (sans oublier les lunettes). Devant la mine patibulaire des vilains bonshommes, il n'avait pas osé se défendre trop vigoureusement. Et les affreux riaient, riaient…

(Pauvre Carl Gustave.)

– Alors, c'est cela que tu étais venu chercher, lui demandèrent-ils enfin, un peu étonnés quand même par le calme que notre ami avait gardé pendant toute leur séance de moquerie.

– Absolument pas, et je vous prie de me rendre immédiatement mes affaires. Ce qui m'intéresse, ce sont les denrées alimentaires. Voilà pourquoi je suis venu.

– Ah, excuse-nous, s'exclamèrent les trois vilains. On n'avait pas compris, on t'avait pris pour un autre. Faut pas te fâcher.

– Je ne me fâche pas, pas du tout, répondit Carl Gustave

(décidément très courageux) mais rendez-moi mes vêtements.

– Tiens, les voilà. Et les trois bonshommes lui jetèrent les habits qu'ils avaient dispersés aux quatre coins de l'entrepôt.

Et Carl Gustave de se rhabiller. Mais son blouson en daim était troué au coude et sur une grande partie du dos, sa chemise tâchée de graisse, ses pantalons tout tire-bouchonnés, ses chaussures pleines de poussière.

(Pauvre Carl Gustave.)

– Il est vrai qu'en voyant la bedaine de Monsieur, on aurait pu se douter, rigolèrent les affreux en désignant le petit ventre que tentait de cacher Carl Gustave en finissant de reboutonner sa chemise.

(Le petit ventre de Carl Gustave, on vous l'a déjà signalé.)

– Voyons ce que l'on peut te proposer. Du faux caviar qui est en fait de vrais œufs d'un poisson qu'on appelle « lump ». Bien moins cher que le vrai caviar, les œufs de l'esturgeon, mais aussi bien moins bon.

– Non, ce n'est pas cela.

– Du pâté de foie de canard de Hongrie, en lieu et place de foie gras d'oie du Périgord. Une affreuse tromperie !

– Non, ce n'est pas cela.

– Une piquette, un vin mal vieilli mais étiqueté *Bordeaux grand cru*, excellente année.

– Non, ce n'est pas encore cela, répondait Carl Gustave qui commençait à avoir rudement faim et qui se serait bien contenté d'une tartine de foie de canard.

– Un vieux fromage étiqueté *fromage surfin au lait cru* ?

– Non, ce n'est pas encore cela. Je cherche plutôt dans les épices, les herbes ou les aromates…

– Parfait. Ce sont des articles encore plus rares et précieux. Nous en avons quelques-uns. Que cherches-tu exactement ?

– Eh bien…

Carl Gustave hésitait à parler de Maniguette aux vilains bonshommes. Il mâchonnait ses lunettes avec avidité et essayait de se souvenir des conseils de ses amis. Peine perdue. Toutes ces émotions lui avaient fait perdre la mémoire. Impossible de se rappeler le moindre mot. Le trou noir.

– Eh bien, bredouillait-il encore…

– Et alors, tu te moques de nous ?

Ils étaient de nouveau menaçants.

– Je cherche… Je cherche Maniguette.

Ils éclatèrent de rire.

– Maniguette, Maniguette ! Le poivre de Guinée, la graine de Paradis. Mais bien sûr. Il y a bien longtemps, les marchands d'esclaves, que l'on appelait les négriers, devaient en apporter d'énormes quantités sur leurs navires, car leurs pauvres prisonniers enlevés sur les côtes d'Afrique considéraient cette épice comme indispensable et merveilleuse. Mais heureusement ces temps sont révolus. La maniguette, il y a longtemps que l'on n'en fait plus de trafic.

Et les vilains bonshommes riaient, riaient...

– Vraiment ? s'assurait Carl Gustave peu convaincu et toujours méfiant.

– Mais oui, c'est bien vrai. Pour une fois, vous pouvez nous croire. Vous savez, aujourd'hui, poivre blanc, poivre noir, poivre gris, poivre de Guinée n'intéressent plus les gens comme nous, les fraudeurs, les falsificateurs. L'industrie chimique fabrique des produits qui imitent très bien leur goût, leur saveur et leur odeur pour mille fois moins cher. Evidemment, c'est moins écologique, mais si vous croyez que les gens font attention. C'est vraiment triste, Monsieur, mais c'est comme cela.

– C'est désolant, en effet, acquiesça Carl Gustave pour une fois d'accord avec les trois vilains bonshommes, mais je suis rassuré de savoir que vous n'avez pas kidnappé Maniguette pour en faire du trafic.

Et sur ces mots, il sortit du sordide entrepôt et courut rejoindre ses amis qui l'attendaient un peu plus loin.

Lorsque William Roscöe, Zédoaire, Curcuma, Ginger, Momo

et Galanga le virent arriver, ils poussèrent des cris horrifiés.

– Carl Gustave, que vous est-il arrivé ? Le pantalon, la veste, les chaussures, la chemise…

Bien que Carl Gustave ne soit pas du genre à se flatter, il faut reconnaître qu'il essaya un petit peu de profiter de la situation. Après tout, il l'avait bien mérité.

– J'ai dû me défendre contre trois types vraiment pas commodes et très désagréables.

– Pauvre Carl Gustave, le plaignit Galanga.

Quant à Zédo, Momo, Curcuma et Ginger, ils contemplaient notre ami avec beaucoup d'admiration.

– Je leur ai fait tout avouer, mais malheureusement, ils ne savent rien sur Maniguette.

– Votre père aurait été fier de vous, dit William Roscöe ému.

– Le seul renseignement que j'ai pu obtenir, c'est que les chimistes peuvent maintenant préparer des produits de remplacement pour mille fois moins cher que la plupart des épices et des arômes naturels.

– Ce n'est pas tout à fait faux, mais pas tout à fait exact non plus, répondit Zédoaire, et cela me donne une idée.

8
Où Zédoaire et Carl Gustave rencontrent des squelettes et des spectres

Toutes les petites plantes entourèrent Zédoaire en criant.

– Zédo, Zédo, donne-nous vite ton idée !

Zédoaire prit son ton le plus docte pour expliquer son point de vue.

– Comme vous le savez, mes amis, je suis médecin, spécialiste des troubles de l'estomac, du manque d'appétit et des rhumatismes aux genoux.

– Oui, on sait.

– Pour en arriver là, j'ai dû faire beaucoup d'études. De longues, savantes et brillantes études.

– Oui, oui, soupirèrent les petites plantes qui avaient l'air de bien connaître le discours de Zédoaire.

– Et j'ai appris beaucoup de choses. Par exemple, je ne me contente pas de savoir comment diagnostiquer la maladie de mes patients. Je sais aussi quel traitement leur donner.

– Cela, il vaut mieux, fit Carl Gustave qui commençait aussi à perdre patience.

– Chut, lui murmura Galanga, quand le docteur Zédoaire parle, il ne faut pas lui couper la parole.

En effet, Zédoaire avait interrompu son discours et lançait un regard de glace à Carl Gustave.

– Excusez-moi, excusez-moi, dit alors Carl Gustave, c'est très intéressant, je vous en prie, continuez.

Galanga lui renvoya son plus joli sourire fleuri.

– Qu'est-ce que je disais ? reprit Zédoaire. Je sais également d'où proviennent ces médicaments. Et je ne suis pas peu fier de vous rappeler que je suis à l'origine de la plupart des traitements que j'administre à mes malades qui en sont très satisfaits.

– De toute façon, souffla Galanga à l'oreille de Carl Gustave, il a un peu oublié ses cours de la faculté et a tout intérêt à faire sa propre publicité. Quand ses malades viennent, il leur donne à qui un morceau de sa tige, à qui un morceau de son rhizome. Décoction, infusion, macération, pulvérisation, dragéification… Tout est bon. Ceux qui n'en sont pas contents ne reviennent pas et les autres sont ravis.

– Hem hem, toussa Zédoaire pas très content de l'aparté de Galanga. Si cela ne vous intéresse pas…

– Si, si, le rassura Carl Gustave, c'est passionnant. Mais si vous me le permettez, quel rapport avec notre amie Maniguette ?

(Vous remarquerez que Carl Gustave, très habilement, se méfiait de la susceptibilité du docteur Zédoaire.)

– J'y viens. Malgré le large éventail de soins que je peux

proposer à mes patients, je ne peux pas soigner l'ensemble de leurs maladies. J'ai quelques confrères qui, comme moi, ont très bien réussi, et que je conseille parfois à mes fidèles patients. Pour les maladies du cœur par exemple. Pas les maladies d'amour non, le cœur qui cogne dans notre poitrine et qui, lorsqu'il se met à battre trop vite ou trop lentement fait tant de victimes. Eh bien, je conseille mon amie Digitale qui offre ses feuilles pour le tonifier, et Quinquina qui vient d'Amérique du Sud. Son écorce contient de quoi traiter à la fois des maladies tropicales, comme le paludisme, et certains troubles du cœur lorsqu'il bat en perdant la mesure.

– C'est magnifique, mais Maniguette…

– J'y viens. Les humains ont fait beaucoup de progrès dans certains domaines, il faut l'avouer. En médecine comme en chimie. Comme vient de l'apprendre Carl Gustave, la chimie a parfois remplacé les plantes. C'est-à-dire que des savants reproduisent des substances naturelles grâce à des procédés chimiques.

– Oh, c'est terrible…

– …Mais pas si simple. Car nous sommes caractérisés par une structure, autrement dit un squelette, et tout ce qui l'entoure. Et nous sommes très compliqués. Vous voyez, Carl Gustave, avant de réaliser un clone parfait, il faut beaucoup de temps. Et parfois, on n'y arrive jamais. Alors les chimistes se tournent vers nous, les plantes. A partir de notre squelette, ils greffent de petites structures chimiques de-ci, de-là, pour obtenir un joli résultat qu'ils auraient bien été incapables de préparer à eux tous seuls.

– Mais c'est horrible ! Et vous leur donnez votre squelette ? s'étonna Carl Gustave.

– Il faut bien vivre avec son temps. Nous n'avons pas le choix, alors nous coopérons. Nous regrettons juste que notre nom ne soit pas plus souvent cité lorsqu'un nouveau médicament voit le jour, mais la recherche est tellement ingrate…

– Zédoaire, l'interrompit soudain Gingembre, je crois qu'il faut que tu gardes tes états d'âme pour un autre jour. Nous n'avons plus le temps. Quelle est ton idée pour Maniguette ?

– C'est la suivante : on pourrait l'avoir enlevée pour récupérer son squelette et y greffer des petits morceaux. Qui sait ? Un chercheur a peut-être trouvé un médicament miracle dont la structure chimique ressemble à celle du paradol, qui caractérise notre amie. Et, bien que ce squelette ne soit pas très compliqué à reproduire, il préfère le prendre chez Maniguette plutôt que de le refabriquer.

– C'est épouvantable ce que vous dites ! C'est du trafic d'organes. Le gouvernement devrait interdire cela immédiatement.

– C'est absolument impossible, il y a trop de médecins dans les ministères, votre réclamation serait rapidement étouffée par tous mes chers confrères. Et, en plus des intérêts financiers, nous sommes fiers de participer à cet effort si cela permet de sauver des vies.

Zédoaire était tellement ému par son propre discours que de la sève en coulait de sa tige.

– D'accord, mais que doit-on faire maintenant ? Il faut quand même retrouver Maniguette.

– Je ne vois qu'une piste. Les industries pharmaceutiques se mondialisent et fusionnent entre elles, il ne subsiste qu'une seule compagnie qui travaille avec des plantes. Laissez-moi réfléchir et retrouver son nom. Ah oui, il s'agit des Laboratoires Robert et Vidal.

Carl Gustave se leva brusquement : « Allons-y tout de suite ! »

– Du calme. On ne s'introduit pas aux Laboratoires Robert et Vidal comme chez des trafiquants de chemisettes et de montres falsifiées.

– Ce n'était pas si évident, bougonna Carl Gustave. J'aurais bien voulu vous y voir, vous !

– Essayer de s'introduire là-dedans, c'est tenter de franchir quinze portes blindées avec les pieds et les mains liés. Non, il faut être plus rusés qu'eux. Trouvons la faille, elle doit bien exister. Résumons-nous. Que voulons-nous ? Savoir si Maniguette pourrait leur être d'une quelconque utilité pour préparer de nouvelles substances qui deviendront peut-être un jour des médicaments très rentables pour eux.

– Cela signifie donc, Zédo, intervint Carl Gustave, que personne dans ce laboratoire n'aurait la bêtise de déclarer : « Nos chercheurs viennent de trouver un produit miracle qui guérira le monde entier, son squelette est le paradol, avec des petits greffons par-ci par-là. » Personne ne soufflera un mot, de peur que d'autres leur volent leur nouveau produit.

– Bien ! Bien ! Carl Gustave, s'écria Zédoaire, je vois que vous commencez à comprendre le monde. Votre raisonnement est juste. A part un petit détail : aucun industriel ne cherchera jamais ce médicament miracle, car alors, que deviendrait-il sans malades ?

Carl Gustave était perplexe. Mais il répondit cependant :

– Je ne suis pas entièrement d'accord avec cette remarque. Il y a le progrès. Si tout le monde est guéri, pourquoi ne pas inventer d'autres choses afin d'améliorer la qualité de vie ? Faire repousser les cheveux par exemple, être beau, ou bien arrêter de s'ennuyer, être toujours de bonne humeur et avoir beaucoup d'amis…

Un profond silence suivit cette réflexion. Carl Gustave était soudain triste et songeur. Il se passait machinalement la main sur son crâne presque entièrement dégarni en poussant de gros soupirs. Les petites plantes le regardaient très étonnées. Il ne les avait pas habituées à de tels raisonnements.

Galanga rompit le silence.

– Vous savez, Carl Gustave, pour vos cheveux j'ai quelques amies très efficaces qui pourraient certainement vous aider, je les chercherai pour vous. Quant à être toujours de bonne humeur, j'ai aussi des copines…

– Cela suffit Galanga, coupa Gingembre, tu nous raconteras cela plus tard. Assez perdu de temps. Reprenons. Si Maniguette intéresse les Laboratoires Robert et Vidal, cela signifierait que leurs chercheurs préparent de nouveaux médicaments dont la structure chimique ressemble, de près ou de loin, à celle de Maniguette. Qu'en pensez-vous, Professeur Roscöe ?

– Je suis parfaitement d'accord avec vous, Gingembre. Et il existe peut-être un moyen de savoir quels sont leurs programmes actuels de recherche .

– Impensable, coupa sèchement Zédoaire, vous pensez bien que tout cela est gardé top secret, confidentiel défense.

– C'est ce que croient les décideurs, bien loin dans leurs bureaux de verre, insista encore le professeur Roscöe. Mais heureusement le monde des sciences est plus ouvert. Et il ne suffit pas de lancer de belles idées sur un papier, il faut pouvoir y travailler ensuite. Il existe par exemple des banques de données de toutes les molécules chimiques qui ont été synthétisées ou identifiées à l'état naturel et qui aident les chercheurs dans leur travail. Certaines sont brevetées, c'est-à-dire qu'elles appartiennent à un propriétaire et qu'on ne peut les utiliser sans son accord et sans lui payer un droit, d'autres sont vieilles comme le monde et appartiennent à tous. C'est exactement comme pour la musique de Mozart ou les poèmes de Ronsard, cela s'appelle le domaine public. Ce qui compte, c'est ce que l'on veut en faire et comment.

– Je veux bien, mais en quoi cela peut-il nous aider à retrouver Maniguette ? s'impatienta Carl Gustave.

– Attendez. Il existe d'autres banques de données, comme les banques de spectres.

– De quoi ? s'effara Carl Gustave.

– Vous pouvez nous expliquer ? demandèrent timidement Cardamome et Galanga.

– Des banques de spectres de masse, précisa Zédoaire, plutôt méprisant devant l'ignorance de ses cousines et de Carl Gustave.

– Des banques de spectres de masse, répéta sentencieusement Carl Gustave. Il est des jours où je regrette encore plus que d'autres de ne pas avoir discuté sciences avec papa, mais ce qui est fait est fait. Alors, je vous prie, Monsieur le Professeur Roscöe, Monsieur le docteur Zédoaire et vous, Monsieur Gingembre, de nous expliquer un peu plus clairement les choses. Et il est parfaitement inutile de nous faire remarquer à tout bout de champ notre incompétence.

– Bravo Carl Gustave, s'exclamèrent Galanga et Cardamome enthousiastes. Nous en avons assez de l'arrogance de ce vieux chenu de Zédoaire et de Gingembre qui veut toujours jouer au chef de famille.

– Vous avez raison, s'interposa le professeur Roscöe. Nous allons vous expliquer. Une molécule chimique, comme on vous l'a déjà dit, est caractérisée, entre autres, par son squelette. C'est-à-dire un enchaînement d'atomes de carbone, d'hydrogène, d'oxygène et d'azote pour les cas les plus fréquents. Ces atomes sont disposés de manière très précise les uns par rapport aux autres et ces enchaînements et leurs positions dans l'espace sont caractéristiques d'une molécule. De plus, chaque atome a un poids, par exemple 1 pour l'hydrogène, 16 pour l'oxygène etc, et chaque molécule, composée d'atomes, à un poids ou plutôt une masse spécifique. Il existe plusieurs moyens d'identifier une substance, un des plus modernes est la spectrométrie de masse. Grâce à ce procédé, on peut connaître la masse ou le poids de la molécule étudiée.

» Mais connaître sa masse totale ne suffit pas. Vous êtes d'accord, Carl Gustave, que l'on peut obtenir une masse de 32 par exemple en additionnant 16 et 16, soit deux atomes d'oxygène, ou bien en additionnant 12 – soit un atome de carbone – + 16 – c'est-à-dire un atome d'oxygène – + 4 fois 1 soit quatre atomes d'hydrogène.

– Je vous remercie de prendre des exemples aussi simples, ironisa Carl Gustave pas encore calmé.

– Pour l'analyse au spectromètre de masse, on introduit le produit que l'on veut étudier, une poudre en général, ou un liquide, dans une grosse machine qui permet de volatiliser la molécule et de l'éclater en plusieurs fragments.

– Décidément, on vous fait subir les pires choses, mes pauvres amis. Je n'aurais jamais imaginé que la vie d'une plante était aussi dure, s'exclama Carl Gustave.

– Merci Carl Gustave, tu es vraiment adorable de penser ainsi à nous, lui souffla Galanga à l'oreille.

– Ces petits fragments sont caractéristiques d'une molécule et l'on en trouvera donc des quantités variables et de composition différente selon leur position dans le squelette de base.

– Stop ! Stop ! coupa Carl Gustave. J'ai arrêté de comprendre. Maniguette ?

– On y arrive. Ces petits fragments ont aussi un poids, une masse. Toutes ces informations regroupées, le nombre de fragments, le poids de la molécule et de ses fragments, on obtient un spectre de masse, c'est à dire les empreintes de la molécule qui permettent de l'identifier dans un fichier central où ces informations sont déjà regroupées.

– Comme à la police.

– Comme à la police, admit le professeur Roscöe. Et de là mon idée. Si les chercheurs des Laboratoires Robert et Vidal ont travaillé sur Maniguette, ils ont forcément consulté cette banque de données.

– Ils ont peut-être leurs propres données, intervint Carl Gustave.

– Certainement, mais les chercheurs ont toujours intérêt à consulter une bibliothèque d'informations internationales mise à jour régulièrement.

– Et comment vérifier s'ils l'ont consultée ?

– Problème facile à résoudre, commenta le professeur Roscöe. La plus grande bibliothèque est au Canada. On peut la consulter sur internet. Il suffit de se connecter avec le bon mot de passe et, en quelques instants, vous avez toutes les informations que vous désirez. Quant à nous, il s'agit de savoir ce que les chercheurs des Laboratoires Robert et Vidal ont été regarder ces derniers mois.

– Ils ont peut-être étudié des milliers de spectres ?

– Bien sûr, mais nous trierons les informations. Pour le moment, il faut connaître leur mot de passe, voilà qui devient moins évident. A moins que… Ne m'avez-vous pas dit, questionna le professeur Roscöe, que vous vous étiez introduits dans le fichier informatique des douaniers de l'aéroport de Roissy ?

– C'était Curcuma, précisa Gingembre avec ironie, le prince des tricheurs, le roi des falsificateurs, l'empereur des fraudeurs…

– Gingembre, gronda le professeur Roscöe, je sais que nous sommes tous à bout et désespérés de ne pas encore avoir retrouvé Maniguette, mais il ne faut pas nous disputer. Curcuma, je vous en prie, pouvez-vous nous aider ? Cela serait là un bon moyen de vous racheter de vos fautes antérieures.

– Si Gingembre s'excuse, grogna Curcuma.

– Oh, ça va. Je plaisantais. T'es le plus doué d'entre nous, le plus beau, le plus brave, répondit Gingembre.

– Eh bien, d'accord, mais qu'on ne me parle plus de cette histoire avec Safran. Bon, Carl Gustave, prêtez-moi votre ordinateur. Vous êtes bien relié à internet, n'est-ce pas ?

– Oui, il m'arrive de commander des chocolats ou de regarder des publicités pour des jeux vidéos.

– On peut faire beaucoup mieux, vous allez voir. Je dois juste me connecter et effectuer quelques manipulations.

Curcuma jouait sur le clavier de l'ordinateur avec une virtuosité impressionnante pour une si petite plante.

– Voilà, voilà. Pas bien difficile leur mot de passe. Même un débutant l'aurait trouvé. Cela y est. Site *robvid.com.* Publicités, offres d'emploi, blabla... Allons sur les sites de recherche, j'espère pour eux qu'ils sont un peu mieux protégés. Même pas. Nous y voilà, choix du répertoire : « Spectrométrie de masse » ; recherche sur les six derniers mois, non sur douze, cela sera plus sûr. Allez, Zédoaire, à toi de jouer.

– Alors, alors, qu'est-ce que cela donne ? demandèrent avec anxiété Carl Gustave et le professeur Roscöe.

– Pas terrible, rien d'original, répondit Zédoaire. Visiblement on a fait des recherches sur Théophylline et ses proches amis. Notre ami Théo est encore descendu de son arbre, l'eucalyptus, pour venir soigner des petits enfants asthmatiques. Je pensais, sans vouloir offenser Théo, que l'on avait beaucoup mieux comme médicament de nos jours.

– Ils veulent peut-être utiliser Théo pour une autre maladie.

– Ou ils n'ont pas d'idée du tout, ajouta Zédoaire.

– Tenez, regardez, les spectres des Curares.

– Les Curares ? questionna Carl Gustave.

– Ce sont des poisons très toxiques que l'on extrait de lianes qui poussent dans la jungle, en Amazonie. Les Indiens s'en servent de poison de flèche.

– Ils veulent... Ils cherchent à empoisonner le monde entier ?

– Certainement pas !

» Les Curares sont des substances très particulières qui, lorsqu'elles sont injectées, c'est-à-dire administrées directement dans le sang par une flèche ou une seringue, paralysent les muscles. Par contre, elles ne sont pas dangereuses quand on les avale. Ce qui permettaient aux Indiens de capturer les animaux en les paralysant et puis de les manger sans risquer de s'empoisonner.

– Oui, mais je ne vois pas bien les chercheurs des laboratoires Robert et Vidal partir à la chasse ou en mission de survie avec un arc et des flèches, s'étonna Galanga.

– Je pense qu'ils travaillent sur de nouveaux anesthésiques, c'est-à-dire des substances qui permettent de pratiquer des opérations sans que le malade ne soit conscient et souffre, répondit Zédoaire.

– Et notre pauvre Maniguette ?

– Je cherche, je cherche, mais pas le moindre petit bout.

– Pas le moindre petit bout, pour parler de Maniguette ? Tu exagères Zédoaire, protesta Cardamome. Cela n'est vraiment pas drôle.

– Hé non, mes amis, conclut Zédoaire, les Laboratoires Robert et Vidal n'ont aucune raison d'enlever notre amie Maniguette, il nous faut chercher ailleurs.

9
Où Gingi retrouve son arrière-grand-père au fond d'un bocal

– Mes amis, je suis désespéré, s'exclama le professeur Roscöe, je ne sais plus ni que vous dire ni que vous proposer.

– Hélas, pauvre Maniguette, soupirèrent les petites plantes.

– Joséphine, auriez-vous un petit remontant, une gentiane ou une liqueur d'anis ?

Joséphine s'empressa de servir la boisson réclamée par le professeur Roscöe. Les petites plantes s'aspergeaient mutuellement avec un arrosoir d'eau.

– Monsieur Carl Gustave, chuchota la vieille servante à son oreille, voici une tisane que vos amies Galanga et Cardamome vous ont préparée. Elles m'ont assurée que cela vous ferait beaucoup de bien.

– Si cela pouvait me donner un peu d'intelligence et d'idées.

– Non, Carl Gustave, non, vous n'avez pas besoin d'une tisane pour cela. Vous verrez, nous finirons bien par trouver une solution. Cette tisane ne pourra que vous donner bon moral et bonne vue, le consola Galanga.

– Et peut-être faire repousser vos cheveux, chuchota Cardamome en aparté.

– Essayez quelques jours et vous verrez, insista Galanga. Et puis, il faudra peut-être vous acheter un nouveau costume…

– Je n'ai pas vraiment le cœur à cela, mais c'est vrai je flotte dans tous mes vêtements. J'ai même perdu ma petite bedaine. Ce qui n'est pas vraiment un mal, à vrai dire ! Avec le régime que vous me faites suivre : eau fraîche, tisanes, sels minéraux…

Le moral n'était pas au rendez-vous de notre petite troupe. Le temps passait et la situation devenait de plus en plus critique.

Galanga eut une nouvelle idée en regardant Joséphine épousseter les étagères du salon.

(Comme quoi, les meilleures idées peuvent apparaître dans les situations les plus simples.)

– William ? Vous souvenez-vous du professeur Duplantier ?

– Duplantier ? Ma foi, cela fait plusieurs années que je ne l'ai pas vu. Un botaniste comme moi, un collègue agréable mais plutôt original.

– Vous rappelez-vous du musée de plantes qu'il avait fait installer dans son appartement parisien ?

– Très bien. Il passait plus de la moitié de son temps à rechercher de nouveaux spécimens pour enrichir ses collections. Et ses collègues appréciaient très moyennement d'avoir à assurer ses cours au pied levé parce qu'il venait de partir à l'autre bout du monde où était signalée la présence d'herbes étranges manquant encore à son musée.

– Le professeur Duplantier, intervint Carl Gustave, je crois avoir déjà entendu ce nom-là à l'occasion de dîners qu'organisait papa. Mais je ne l'ai jamais rencontré.

– Nous en parlions aussi à la maison, soupira Gingembre. Mon arrière-grand-père faisait partie de ses collections préférées. Je me demande ce qu'il est devenu aujourd'hui.

– Et si nous lui rendions une petite visite ? proposa Galanga. Ce professeur est toujours à la poursuite de spécimens rares. Il saura peut-être nous dire où rechercher Maniguette.

C'est ainsi que nos amis se préparèrent pour une nouvelle expédition. Le professeur Roscöe fut chargé de se procurer une invitation pour visiter le musée. Ce ne fut pas le plus difficile et le lendemain, il reçut une charmante lettre du professeur Duplantier l'invitant en ces termes :

« *Mon cher collègue, Honoré Professeur Roscöe,*

C'est avec une grande émotion et un plaisir immense que je vous recevrai dans mon nouveau musée des Plantes, ce mercredi.

Je vous attendrai à partir de 14 heures et j'espère que vous pourrez me consacrer plusieurs heures afin que je puisse vous présenter mes nouvelles découvertes. »

– Il n'a vraiment pas changé, soupira William Roscöe. Il va me tenir la jambe pendant des heures pour me montrer les nouvelles tiges rares de bambou qu'il vient de rapporter du Viêt-nam, qu'il s'entête d'ailleurs à appeler Indochine, ou l'extrait de résine du plus vieux cèdre du Liban. Enfin, je fais tout cela pour Maniguette.

Cela fut un peu plus long pour rhabiller Carl Gustave. Cardamome et Galanga l'avaient définitivement pris en main et notre ami se laissait faire. Il appréciait surtout les petits massages de Galanga sur son crâne où il lui semblait d'ailleurs que de nouveaux cheveux étaient apparus. Elles lui choisirent un costume chic et sport de chez *Fenzo* et Carl Gustave lui-même ne se reconnut pas dans la glace. Supprimé également le grand vilain mouchoir à carreaux.

Le jour de la visite arriva enfin. Le professeur Roscöe et Carl Gustave se présentèrent à l'heure dite devant la porte de l'appartement du professeur Duplantier. Il ouvrit vêtu d'une grande robe de chambre rouge doublée d'une épaisse fourrure blanche. Il portait également un nœud papillon rouge à pois blancs, des gants blancs et des bottines en cuir épais. On aurait dit le Père Noël.

Il les fit rentrer et s'excusa de sa tenue un peu excentrique car, expliqua-t-il, afin de ne pas abîmer ses collections, il ne chauffait pas son appartement et ne laissait pas pénétrer la lumière du jour. Cette pelisse le préservait donc du froid et ces gants lui évitaient de contaminer ses échantillons. En outre, ces chaussures fourrées lui évitaient des engelures lorsqu'il restait trop longtemps en contemplation devant ses plantes favorites. Quant au nœud papillon, il était là pour rappeler qu'il était bien le professeur Duplantier et non un quelconque vieux fou.

Le professeur Roscöe présenta Carl Gustave comme l'un de ses élèves qui mourrait d'envie de visiter ses fameuses collections. Le professeur Duplantier les fit alors entrer dans son musée, une immense pièce où ils ne purent d'abord rien voir.

La salle était tout en bois, plancher, murs et plafond. Peu à peu, ils parvinrent à distinguer, au centre, deux grands meubles en bois surmontés de vitrines faiblement éclairées. Les murs de la pièce étaient tapissés de tiroirs à poignées métalliques sur environ 1,20 mètre à partir du plancher puis, jusqu'au plafond, d'étagères en bois garnies de bocaux en verre, de boîtes en carton, de photographies, de cartes de géographie ou de cartons élégamment calligraphiés à l'encre violette. Tout était poussiéreux et franchement triste.

– Voici mes trésors, s'exclama fièrement le professeur Duplantier. Cinquante ans de carrière, cinquante ans de recherche, cinquante ans de ma vie consacrés aux plantes !

– Hem, hem, toussota Carl Gustave. Veuillez m'excuser, la poussière… tenta-t-il d'expliquer.

Les petites plantes s'étaient faufilées dans le musée en même temps que Carl Gustave et le professeur Roscöe mais dans l'obscurité le professeur Duplantier ne s'était rendu compte de rien.

– Je ne crois pas que Maniguette soit par ici, soupirait tout haut Galanga.

– Et mon arrière-grand-père… J'aimerais bien lui dire coucou, grognait Gingembre.

– Taisez-vous, gronda Carl Gustave, sinon vous allez vous faire repérer et je ne donne pas cher de vos feuilles.

Cette remarque fut très efficace. Les petites plantes se calmèrent immédiatement. Enfin, pour quelques instants seulement.

Le professeur Duplantier continuait la visite :

– Les plantes sont tout d'abord classées par familles botaniques et par ordre alphabétique.

– Demandez pour les Zingiber, souffla Zédoaire.

– Chut, s'impatienta Carl Gustave, chut, vous voyez bien qu'on en est seulement à la première famille de la classification, les Abiacées.

– Oh, là, là, on ne s'en sortira jamais, s'impatienta Momo. On est là pour une semaine…

– Chut, calmez-vous, gronda à son tour le professeur Roscöe, vous allez vous faire voir et tout gâcher.

– Quelque chose ne va pas cher collègue ? s'inquiéta le

professeur Duplantier qui s'étonnait de voir Carl Gustave ou le professeur Roscöe parler à leur bas de pantalon, où se cachaient les petites plantes.

– Parfait. Peut-être pourrions-nous légèrement accélérer cette visite alphabétique et ne s'intéresser qu'aux principales familles. J'ai peur que mon élève arrive très rapidement à saturation.

Le professeur Duplantier approuva, visiblement vexé.

– Accélérons donc, chers collègues, puisque vous y tenez. Famille des Borraginacées, famille des Droséracées, famille des Euphorbiacées, famille des Graminées, famille des Liliacées, déclama-t-il à toute vitesse. Oh, j'en perds le fil… Permettez-moi de m'arrêter quelques instants sur la famille des Malvacées.

– Je t'en prie, s'empressa d'accepter le professeur Roscöe pour rattraper sa bévue.

– La famille des Malvacées, renferme des éléments très divers et très intéressants, tant du point de vue alimentaire, que pharmaceutique et industriel. Il y a tout d'abord la grande mauve, qui a donné son nom à la famille, dont on utilise les feuilles et les fleurs pour préparer des tisanes pectorales, c'est-à-dire efficaces pour soigner les rhumes et les grippes, et puis la guimauve dont on utilise les racines pour fabriquer de délicieux bonbons, le gombo dont on mange les feuilles en Afrique tout comme des épinards, et encore de magnifiques plantes décoratives comme les hibiscus et la si délicate rose trémière qui grimpe l'été le long des murs ensoleillés. Et puis surtout, surtout, le fleuron de la famille, le coton. On utilise le poil de sa graine pour tisser un fil dont seront faits votre chemise, votre mouchoir, vos chaussettes et puis vos draps et vos serviettes…

– Nous connaissons les usages du coton, acquiesça Carl Gustave, mais je n'imaginais pas qu'à l'état naturel il s'agissait de drôles de petits poils autour d'une grosse graine. Cependant, Professeur, si vous me permettez, on m'a parlé d'un autre membre de cette famille que l'on appelle karkadé ou thé rose ou même oseille de Guinée. Car, voyez-vous, nous nous intéressons particulièrement aux plantes de ce pays…

– Excellent, c'est prometteur ! s'exclama le professeur en tapotant l'épaule de William Roscöe, ton élève est très attentif. Effectivement, on utilise le calice de la fleur de karkadé, ou oseille de Guinée, pour préparer des boissons acidulées très appréciées. Si vous vous intéressez aux plantes d'Afrique, je vous réserve une surprise, mes amis !

Les petites plantes s'agitaient dans le bas des pantalons de Carl Gustave et du professeur Roscöe.

– Allez, allez, demandez-lui à propos de Maniguette…

– Chut…

– …Oui, une surprise, poursuivait le professeur Duplantier.

Continuons notre visite. Famille des Primulacées, famille des Rubiacées, famille des Solanacées... Tenez, la famille des Solanacées, voilà encore une famille passionnante ! La plupart de ses membres nous viennent d'Amérique du Sud, le saviez-vous jeune homme ? dit-il à Carl Gustave. La tomate, la pomme de terre, le poivron et surtout le tabac qui ont envahi le monde entier. Et puis, de terribles plantes toxiques comme le datura, la jusquiame et la belladone dont on extrait un des plus violents poisons, l'atropine. Hé oui, tout cela dans la même famille. Imaginez les réunions pour les mariages ou les enterrements !

– Nous imaginons très bien, répondirent en cœur Carl Gustave et le professeur Roscöe.

– Ouais, et alors ? ronchonnait Gingembre qui, en tant que chef de famille, se sentait jaloux des éloges faits à d'autres clans que le sien, il y a aussi des gens biens ailleurs...

– ...Famille des Urticacées, famille des Violacées, famille des Zingibéracées...

– Ah, ah ! Les Zingiber, s'exclamèrent une nouvelle fois en cœur Carl Gustave et le professeur Roscöe.

Carl Gustave et William Roscöe s'étaient collés aux vitrines et essayaient d'apercevoir, malgré la poussière qui embrumait les carreaux, les membres de la famille des Zingiber, emprisonnés là pour la plus grande fierté du professeur Duplantier.

Les petites plantes étaient aussi très excitées, on pouvait le comprendre. « Poussez-vous, mais poussez-vous, on veut voir nous aussi ! » gémissaient-elles.

– Enfin, calmez-vous.

» Là... Je crois que je distingue un bocal au fond avec quelque chose dedans. Voyons : *Zingiber officinalis*, oui, c'est bien ce qu'il y a d'écrit.

William Roscöe et Carl Gustave trépignaient devant la vitrine.

– Effectivement, il s'agit bien là de *Zingiber officinalis*, je m'étonne de votre empressement devant ces échantillons.

Heureusement, il n'avait pas aperçu les petites plantes.

– Papé, c'est Papé ! s'exclamaient-elles. Hé Gingi, regarde ton arrière-grand-père. Hou, hou, Papé, tu nous vois, hou, hou, tu nous entends ? Eh Papé...

– Chut, chut, soufflait le professeur Roscöe en roulant des yeux furieux.

– Quelque chose ne va pas, cher collègue ?

– Non, non, c'est parfait. Pourrais-je regarder d'un peu plus près ce spécimen ?

Le professeur Duplantier de plus en plus étonné lui tendit un bocal où l'on distinguait une vieille racine bosselée, verruquée, écaillée et boursouflée.

Le professeur Roscöe prit l'objet avec précaution, s'écarta de

quelques pas du professeur Duplantier, se mit à genoux (pour être à la hauteur des petites plantes), et contempla l'ancêtre de Gingembre avec respect.

Inquiet, le professeur Duplantier le regardait :

– Tu es sûr que tu vas bien, cher collègue ?

– Mais oui, parfaitement.

Les petites plantes entouraient le bocal en poussant des cris.

– Papé, eh, Papé ! Dites-donc, il n'a pas l'air très en forme. Il ne bouge plus. Quelle allure ! Cela me fait froid dans le dos.

– Vous croyez, Carl Gustave, interrogea Galanga avec de petites larmes dans la voix, que nous allons aussi devenir comme cela ? Moches, flétries et toutes ridées…

– Mais non, la rassura Carl Gustave galamment, Papé Zingiber est très très vieux, cela fait des années qu'il est dans ce musée, sans air ni lumière.

– Papé, Papé…

– Hem, hem, toussota Duplantier, chers amis, je vous propose de continuer la visite.

– Avec plaisir. Mais, n'avez-vous pas d'autres représentants de cette famille dans vos collections ?

– Attendez, je vous réserve des surprises, ne soyez impatients.

Le professeur Duplantier entraîna la petite troupe au milieu de la salle.

– Ce sont mes petites expositions du moment. J'ai regroupé dans cette vitrine des plantes cultivées en Europe, soit à propriété tinctoriales, c'est-à-dire dont on extrait des colorants, soit permettant de fabriquer des textiles végétaux. Mon jeune ami, dit-il en s'adressant de nouveau à Carl Gustave, je suis sûr que vous ignorez tous les avantages que l'on peut tirer d'une banale plante comme l'ortie. On utilise sa tige pour préparer des fibres textiles et ses feuilles pour en extraire un colorant vert.

– La chlorophylle, précisa Carl Gustave.

– Bravo, jeune homme, félicitations ! On utilisait aussi beaucoup le chanvre et le lin pour leurs fibres très solides. Seul le lin a résisté à l'arrivée des fibres synthétiques issues de la chimie.

– Y'a pas d'raison que nous soyons les seuls touchés par la modernité, grogna le docteur Zédoaire.

– Parmi les plantes tinctoriales, voici le noyer dont on tire un colorant noir de la partie charnue de son fruit, la bogue, et que l'on appelle le brou de noix. Ce que vous mangez habituellement est en fait l'amande, c'est-à-dire la graine de ce fruit. Et puis, la plus courageuse de toutes, la petite garance. Elle a fait la fortune des industriels du XIXe siècle grâce à son colorant rouge. J'ai une terrible histoire à son propos. Un général un peu fou certainement, peut-être un peu corrompu par un industriel malhonnête de l'époque, avait commandé des tonnes de garance pour en teindre l'habit de ses soldats. Vous imaginez, des soldats habillés en rouge ? On ne voyait qu'eux sur les champs de bataille et ils se sont faits massacrer, les pauvres Zouaves. Eh oui, les pauvres Zouaves avec leurs célèbres culottes rouges. Quelle grossière erreur ! Quel massacre ! Quelle boucherie ! En souvenir de tous ces pauvres gars dont un grand nombre fut condamné par la bêtise et la cupidité de leurs chefs, certains militaires portent toujours un petit filet rouge sur le coté de leur pantalon : le filet garance.

– Que c'est beau, pleurnichait la sensible Galanga.

– C'est une belle et triste histoire, effectivement, répondit le professeur Duplantier, inconscient de s'adresser à un végétal.

» Et voici ma deuxième exposition. En cours d'élaboration. Ah, ah, cela va bien vous plaire. Je m'intéresse à toutes les plantes sélectionnées à travers les âges, pour en faire des boissons rafraîchissantes, non alcoolisées, mais qui nous aident à oublier nos soucis. Sans que nous nous en rendions compte, la consommation de ces boissons nous est devenue indispensable. Certaines de ces plantes ne sont plus à la mode, soit parce qu'elles se sont révélées trop toxiques, trop chères, ou encore qu'elles aient disparu sans que l'on sache pourquoi.

– Remplacées par des boissons chimiques, proposa le docteur Zédoaire.

Décidément, nos amies les plantes ne se gênaient plus pour participer à la conversation. Mais le professeur Duplantier n'y prenait garde.

– Cela est aussi très possible, mais comme vous le voyez, je ne manque pas de travail. J'ai donc disposé dans cette vitrine, des graines de café et d'anis, des feuilles de thé, de kola, de menthe, le fruit de badiane et le calice floral de karkadé.

– Je ne vois pas de rhizome de gingembre, il rentre cependant dans la composition d'un délicieux breuvage, fit remarquer Gingi d'un ton un peu cassant.

– Effectivement, vous faites bien de me le faire remarquer, même si je ne suis pas très amateur de cette boisson un peu piquante à mon goût et que je réserve à nos amis anglo-saxons qui, eux, en sont très friands.

Gingi manqua de s'étrangler de colère.

– Boisson piquante, encore trop bonne pour ce vieux fou, ruminait-il.

Carl Gustave fut beaucoup plus diplomate.

– Compte-tenu de l'intérêt de votre exposition et de la variété des spécimens qu'elle propose, je pense qu'il serait effectivement bien de présenter un échantillon de *Zingiber officinalis*, dont vous avez d'ailleurs un très bel exemple dans vos vitrines à la lettre Z.

– Et puis, cela ferait du bien à Papé de le sortir un peu, confirma Momo.

– Excellent argument. Très brillant ton élève, William, très brillant. Comptes-tu le présenter à l'examen de l'agrégation ? Je pourrais le soutenir.

– En fait, hésita le professeur Roscöe, je ne crois pas. Sais-tu qu'il est le fils du regretté professeur Carl Gustave Linné, notre maître à tous ?

– Vraiment ? J'ignorais que Carl Gustave avait un autre fils. Il ne parlait que d'un seul de ses garçons, un gamin plutôt désœuvré et pas très intéressant. Enfin, deux oisillons du même nid ne se ressemblent pas forcément et celui-là pourra faire la fierté de son père alors que l'autre était sa désolation.

Carl Gustave avait affreusement pâli. Galanga lui avait serré la main très très fort. Il souffla un grand coup et demanda d'une voix calme mais ferme et décidée.

– Je n'ai vu aucun échantillon de Maniguette dans vos présentations.

– Ah, jeune homme, vous touchez là un point sensible. Je souhaitais préparer une exposition sur la traite des esclaves noirs au XVIIIe siècle et présenter les plantes qui, grâce à ce trafic triangulaire, des côtes africaines aux ports du royaume de France et aux îles des Antilles françaises, ont été connues et introduites en France ou dans ses colonies. Et la maniguette aurait été le clou de cette exposition car elle était considérée comme une plante magique par ces pauvres gens. Mais impossible d'en trouver le moindre bout de tige. J'ai fait des enquêtes partout, même chez les descendants des négriers, ces riches commerçants qui vivaient de la traite des esclaves et avaient établi leurs hôtels particuliers sur les quais des ports de Nantes et de La Rochelle. Rien, plus la moindre trace.

– Oh, firent les petites plantes affreusement dépitées.

– Un de mes détectives privés, que j'utilise à l'occasion quand on m'indique quelques spécimens intéressants, m'a signalé cependant qu'il y a quelques semaines, de la maniguette avait été identifiée à l'aéroport de Roissy, dans les valises d'un marabout en provenance d'Afrique.

– Ah oui, s'étranglèrent Carl Gustave et le professeur Roscöe, et alors ?

– Et alors ? Depuis fouttttt... Rien, plus rien, envolée, disparue.

– C'est comme pour nous alors...

– Comme pour vous ? Je ne comprends pas. Ne me dites pas que vous souhaitez également faire une exposition sur le commerce triangulaire au XVIIIe siècle et la traite des esclaves !

– Pas du tout je te l'assure, cher confrère !

– Je suis rassuré. Car voyez-vous, si vous m'aviez dit que vous souhaitiez préparer une exposition sur ce même thème, je ne vous aurai pas indiqué qu'un de mes détectives venait de me signaler qu'éventuellement, je dis bien éventuellement, la maniguette aurait été aperçue dans les serres tropicales du Jardin des Plantes. Peut-être recherchait-elle un peu de chaleur pour lui rappeler son Afrique. Enfin, c'est une idée que j'ai là et si je retrouve la maniguette, je me la garde bien soigneusement.

Le professeur Duplantier avait prononcé ces derniers mots avec un certain défi dans la voix. Il ne faut pas plaisanter avec un collectionneur en chasse. La concurrence serait dure. Mais si le renseignement était valable, Carl Gustave et ses amis n'avaient pas perdu leur temps. Il fallait faire vite maintenant, très vite.

10
Où Carl Gustave est hypnotisé par du réglisse, des petits pois frais et des fraises des bois

Toute l'équipe se retrouva sur le palier.

– Tchao, Papé, lancèrent encore une fois Galanga et Cardamome en envoyant à la porte maintenant close des baisers feuillus.

– Allons, mon cher Carl Gustave, se sentit obligé d'ajouter le professeur Roscöe, toutes ces histoires avec votre père ne sont que des bêtises. Je regrette même d'avoir cité son nom.

– Oh, ne vous inquiétez pas, soupira Carl Gustave, il avait certainement un peu raison ce vieux fou. Je vous assure que c'est déjà oublié… Mais, dites-moi… Si les renseignements du professeur Duplantier sont exacts, pourquoi Maniguette serait-elle allée à la Grande Serre du Jardin des Plantes ?

– Peut-être pour retrouver un peu de chaleur de l'Afrique, comme il l'a suggéré, proposa Gingi d'un ton sans enthousiasme.

– Ah oui vraiment ? Je suis sûr que vous me cachez quelque chose !

En effet, les petites plantes se tortillaient sur place, embarrassées, regardant successivement le ciel d'une manière évasive et le professeur Roscöe d'un air gêné.

– William, qu'est-ce que c'est que ce cirque ? Vous savez bien que si je dois vous aider, il faut tout me dire. Pourquoi Maniguette se serait-elle rendue à la Grande Serre du Jardin des Plantes et n'en serait pas revenue ? Connaissez-vous là-bas encore quelqu'autre original qui aurait eu intérêt à la garder dans un bocal ou qui voudrait la transformer en gouttes nasales contre le rhume des foins ou encore aurait l'idée saugrenue d'inventer un dessert au goût poivré ?

– Non, il ne s'agit pas de cela, mais Maniguette est la plus sensible et la plus gentille d'entre nous tous…

– Et alors, gronda Carl Gustave qui recommençait à s'énerver.

– Peut-être aura-t-elle voulu voir Témo, suggéra Galanga d'une toute petite voix.

– Qui est ce Témo ?

– Attendez, permettez-moi, intervint le professeur Roscöe. Témo, ou plus exactement Temoë Lawaq, appartient lui aussi à la famille des Zingiber. Il est le demi-frère de Curcuma. Ils ont eu, il y a très longtemps, quelques mots désagréables…

– Encore ce chenapan de Curcuma, décidément… soupira Carl Gustave.

– …Après un long séjour en Indonésie il est venu faire un petit tour à Paris et je crois bien qu'il n'en est plus reparti depuis. C'est un élément charmant mais très sauvage. Il ne se joint à aucune de nos réunions de famille – où d'ailleurs, il n'est plus invité.

– Ce n'est vraiment pas bien ce que vous me racontez là. Quand on a de la famille, on se la garde. Regardez-moi qui suis tout seul. Sans frère ni sœur, sans cousin ni cousine, ce n'est vraiment pas drôle. Et papa, il savait cela ?

– Oui, oui, répondit évasivement le professeur Roscöe. Dans chaque famille, il peut y avoir des membres plus ou moins bien acceptés… Bref, il est possible que Maniguette ait eu envie de revoir son cousin Temoë, je me reproche même de ne pas y avoir penser plus tôt, mais cela n'explique pas son silence depuis son arrivée à Paris.

– Alors filons au Jardin des Plantes et à la Grande Serre, intervint Gingembre. Je n'ai pas trop confiance en ce collectionneur un peu timbré et je ne tiens pas du tout à ce que Maniguette finisse comme Papé Zingiber.

Et les voilà partis. Le Jardin des Plantes était tout proche. Ils s'engouffrèrent dans le premier bus qui les déposa, cinq minutes plus tard, à l'angle de la rue Cuvier et de la rue Geoffroy Saint-Hilaire, devant l'une des entrées du grand parc.

– Je ne suis pas venu ici depuis l'âge de 12 ans, remarqua Carl Gustave. Mais rien ne semble avoir changé. Il y a toujours le labyrinthe où j'avais, je ne sais pas pourquoi, une peur horrible de me perdre ou de rencontrer quelque vilain personnage ou encore une de ces bandes de chats que les vieux du quartier gavent de déchets de boucherie soigneusement enveloppés dans du papier journal. Et puis la ménagerie où je venais frémir devant la fosse aux crocodiles qui me bâillaient au nez en ouvrant de terribles mâchoires puis se revautraient dans leur mare en ne laissant apparaître que leurs yeux globuleux et sournois. Heureusement que nous étions protégés par un solide grillage car ces affreux reptiles m'hypnotisaient. Tenez, comme cela.

Et Carl Gustave brusquement se figea, bouche bée, les yeux écarquillés.

– Ah oui, moi aussi, ces sales bêtes me font une peur atroce, frissonna Galanga.

– Allez, allez, on se dépêche, insista encore Gingembre. Eh, Carl Gustave, c'est fini les crocodiles, on est devant la Grande Serre, pas à la ménagerie. Il faut bouger. On n'a pas beaucoup de temps.

Oui, mais Carl Gustave était pétrifié.

– Ohé, Carl Gustave ! reprirent Galanga et Cardamome.

Rien à faire. Carl Gustave ne bougeait plus.

– Si vous me permettez d'émettre un avis scientifique (c'était le docteur Zédoaire qui parlait, bien sûr), voici notre jeune ami en crise aiguë de « souffle au cœur avec atteinte cérébrale ».

– Oh, c'est grave ? questionna notre gentille Galanga.

– Cela dépend. On a déjà observé les cas les plus bénins pour lesquels la crise ne dure que quelques secondes, aux cas les plus dramatiques qui laissent des séquelles irréversibles.

– Oh, là, là, s'exclama Momo.

– Ce qui m'inquiète le plus, je ne vous le cacherai pas, c'est que le souvenir des crocodiles semble lui avoir déclenché cette crise. C'est tout à fait exceptionnel mais certainement très intéressant. Cela me vaudra peut-être l'occasion de décrire ce cas clinique et de faire un bon article dans une revue médicale renommée.

– J'ai bien peur de te décevoir, mon cher Zédo, mais pour ton papier, il vaudra mieux que tu trouves autre chose. Regarde donc qui arrive par là.

Qui-arrive-par-là était une très jolie jeune fille. Elle se dirigeait vers eux avec un magnifique sourire.

– Bonjour, je m'appelle Catherine. Je suis phytopathologiste et la conservatrice de la Grande Serre du Jardin des Plantes. Est-ce que je peux vous tenir compagnie pour une visite guidée ?

Cet imbécile de Carl Gustave, toujours figé sur place, était incapable de placer un mot aimable ou de répondre à cette charmante invitation. Heureusement, Gingembre, en tant que chef de la petite troupe, prit la parole.

– Vous avez dit « phytopathologiste » ?

– Oui, je m'occupe des maladies des plantes. Je suis leur médecin. Et « conservatrice » signifie que je suis responsable de l'organisation et de la bonne tenue de cette serre qui est aussi un musée. Je dois faire en sorte que chaque plante se sente ici en pleine forme et soit aussi un régal pour tous les sens de mes visiteurs : la vue, l'odorat, l'ouïe, le toucher, lorsqu'il n'est pas trop destructeur car je me méfie des petits doigts qui viennent casser ou déchirer mes pensionnaires, et enfin le goût, uniquement lorsque je le permets expressément, car si chacun avalait, ne serait-ce qu'un tout petit bout de mes plantes, ce serait la catastrophe.

– Il y a bien des plantes médecins pour les humains, je ne vois pas pourquoi il n'y aurait pas des humains médecins des plantes, commenta le docteur Zédoaire.

– Je ne les voyais pas du tout comme cela, les conservatrices de musée, grommela Galanga apparemment un peu jalouse.

(Mais pourquoi donc ? Vous le saurez bientôt)

– Si vous traitez vos plantes comme cela, je comprends qu'elles se plaisent ici, et cela me donne espoir que Maniguette ait décidé de rester auprès de vous, bien que, encore une fois, je ne m'explique pas son silence, intervint le professeur Roscöe.

Le pauvre Carl Gustave, pendant ce temps, ne semblait pas aller beaucoup mieux. Il était littéralement scotché sur place. Hypnotisé par la belle phytopathologiste.

– Je peux me permettre de vous demander ce que vous avez mis dans les tisanes de Carl Gustave, mesdemoiselles ? questionna le professeur Roscöe inquiet de la prostration de Carl Gustave.

– Rien que de très bonnes choses pour ses cheveux, répondirent en chœur les deux interpellées. Et pour ses yeux. Et sa bonne humeur.

– Hem, hem, ironisa Curcuma, je parierais que ce brave Gingi est allé y mettre son grain d'épice.

– J'en prends également le pari, intervint Zédoaire. Cela serait une belle démonstration de notre ami Gingembre.

(Mais de quoi parlaient-ils ?)

Carl Gustave sortit soudain de sa torpeur et s'adressa à la demoiselle phytopathologiste et conservatrice de la Grande Serre du Jardin des Plantes en ces termes :

– Mademoiselle, vous avez les plus beaux cheveux réglisse que je n'ai jamais vus, des yeux verts si clairs que l'on dirait des petits pois frais et les lèvres rouges et appétissantes comme des fraises des bois.

Après ces belles paroles, quoiqu'un peu bizarres, il retomba hypnotisé, regardant sans bouger mais avec un sourire béat la jolie Catherine.

– Oh, là là. J'ai bien peur qu'il n'ait les graves séquelles dont avait parlées le docteur Zédoaire, s'affola Galanga. Il faut tout de suite les séparer.

– Mais non, mais non, se moqua Curcuma. Il serait même temps que Carl Gustave adopte le proverbe oriental d'Omar Khayyam : « Sois vigilant, que le vin ne reste pas dans ton verre », c'est-à-dire profite de la vie pour le meilleur qu'elle puisse te donner.

– Bof, bouda Galanga.

(Mais, pourquoi boudait-elle, cette coquine ?)

– Effectivement, commenta à son tour le professeur Roscöe, je reconnais là les signes d'une consommation abusive – même si involontaire – de gingembre.

Les propos de Carl Gustave, toute jeune fille ordinaire ne les aurait pas compris. Oui mais voilà, Catherine n'était pas une jeune fille comme les autres, elle était phytopathologiste. Elle comprit le message de Carl Gustave.

(Et vous ?)

– Je vous remercie, c'est vraiment trop gentil. Que puis-je pour vous faire plaisir ?

Et ils se souriaient tous les deux bêtement. Quant à Galanga et Cardamome, elles ruminaient dans leur coin.

(Jalouses ?)

– Hem, hem, fit Gingembre, le chef de famille. Merci pour votre gracieuse aide. Nous recherchons notre parente et amie, Maniguette, de la famille des Zingiber. Elle a disparu sans donner de ses nouvelles alors que nous l'attendions pour une réunion importante. Nous devions fêter un prix que notre famille vient de recevoir : l'Epice d'Or, une très haute récompense attribuée une fois tous les dix ans à la famille de végétaux qui offre les saveurs les plus fines et les arômes les plus délicieux, déclama Gingembre très fier. On nous a signalé sa présence par ici, il y a quelques temps.

– Famille des Zingiber ? Je connais Temoë Lawaq qui est un de mes pensionnaires, mais pas Maniguette. Auriez-vous quelques signes particuliers à me donner ?

– Oui, s'empressa de répondre Gingembre. Sur son passeport, il est inscrit : « renferme du paradol ». Et quand on lui coupe un bout de tige et qu'on le regarde au microscope, on voit des choses comme cela *(que nous connaissons déjà !)* :

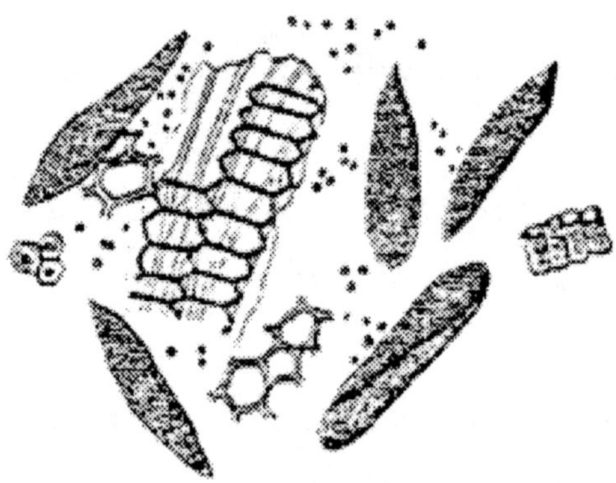

Bien sûr ces précisions, toute jeune fille ordinaire ne les aurait pas comprises. Oui mais voilà, Catherine était phytopathologiste et elle n'était pas une jeune fille comme les autres : elle comprit le message de Gingembre.

– Maniguette, poivre de Guinée... Famille des Zingibéracées. Je crois me souvenir, voyons un peu. Sauf erreur de ma part, il s'agit d'une plante herbacée, vivace, à tige florale peu élevée. Ses feuilles sont lancéolées, ses pétales ovales, crénelés, blancs et jaune pâle à la base. Son fruit est une grosse baie pulpeuse qui contient une infinité de petites semences de la grosseur d'un grain de poivre de couleur brun rougeâtre.

Bien sûr ces détails, tout jeune homme ordinaire ne les aurait pas compris. Oui mais voilà, Carl Gustave n'était plus un jeune homme ordinaire. Et il comprit tout le message de Catherine.

– Je vois tout à fait bien maintenant votre parente et amie, continua-t-elle, mais je suis désolée, je n'ai jamais rencontré Maniguette ailleurs que dans mes livres de botanique…

Nos pauvres amis étaient désespérés. Sauf peut-être Carl Gustave qui souriait aux anges alors que la situation s'aggravait chaque instant.

– Nous pourrions interroger quelques-uns de mes pensionnaires, proposa Catherine, et en particulier Temoë Lawaq.

Elle prit la tête de la petite troupe.

– Mes collections renferment plusieurs milliers de plantes exotiques, commentait-elle. L'ambiance qui règne ici, chaude et humide, rappelle celle des pays tropicaux. Mes plus beaux spécimens sont les fougères arborescentes que l'on trouvait déjà à l'époque des dinosaures, et puis des ficus, des cycas… Tenez, Carl Gustave, regardez ces magnifiques orchidées. Ah, voici Temoë Lawaq que j'aperçois là-bas.

Les petites plantes s'approchèrent de leur cousin avec beaucoup d'appréhension et d'espoir. Il était leur dernière chance.

– Bonjour cousin, nous sommes si heureux de te voir.

– Bonjour à vous tous, salut faux-frère Curcuma Longa. Que me vaut le plaisir de votre visite si inattendue ?

Temoë Lawaq semblait de mauvaise humeur. On l'avait visiblement dérangé dans une grande discussion qu'il tenait avec un bananier voisin. Il ressemblait étonnamment à Curcuma Longa. Son teint était jaune tout comme lui.

– Cousin Temoë Lawaq, nous recherchons Maniguette. Rappelle toi, Felfelli, la graine de Paradis.

– Ne vous inquiétez pas, je me souviens parfaitement de Maniguette. Surtout qu'elle est venue me voir hier et que…

– Enfin, nous l'avons retrouvée ! hurla Gingembre.

– Toujours aussi insupportable, ce Gingembre, grogna Temoë Lawaq, je n'ai pas fini ma phrase et il se met à crier… Puisqu'il en est ainsi, je n'ai plus rien à vous dire et je vais continuer ma conversation avec mon ami le bananier, monsieur Musa.

– Je t'en prie, Témo, intervint Galanga gentiment, c'est vrai, Gingembre est toujours aussi présomptueux, mais la disparition de Maniguette est très sérieuse. Dis-nous, quand l'as tu vue pour la dernière fois et que t'a-t-elle dit ?

– Maniguette fait ce qu'elle veut à ce que je sache… Bien qu'elle appartienne à la grande famille des Zingiber, elle a droit à sa liberté d'action, tout comme moi.

– Nous connaissons tous ton indépendance d'esprit, Témo, tenta à son tour Zédoaire et nous la respectons. Mais Galanga a raison, la disparition de Maniguette est très mystérieuse. Il faut que tu nous aides.

– Que dois-je vous raconter ?

– Dis-nous, par exemple si, à part naturellement le plaisir de te voir, Maniguette avait une raison spéciale de te visiter ?

– Peut-être. Elle souhaitait que je vous rejoigne pour une grande fête donnée en votre honneur. Un prix ou quelque chose comme cela…

– L'Epice d'Or ! confirmèrent les petites plantes.

– Cela doit être ça. Mais elle n'a pas réussi à me convaincre. Je fuis les honneurs et les mondanités.

– Bien sûr, nous ne les recherchons pas, nous non plus, approuva Curcuma. *(Hypocritement)*

– Toujours aussi faux-jeton, le faux-frère. Bref, Maniguette était très pressée et elle n'est restée que quelques minutes avec moi. L'avez-vous aperçue par la suite monsieur Musa ? demanda Temoë Lawaq à son ami bananier.

– Vous voulez parler de la charmante petite personne qui est venue vous rendre visite ? Eh bien oui, je crois l'avoir aperçue se promenant dans le coin des dames Droséras.

– Des dames Droséras, avez-vous dit ? Alors mes amis, il y a urgence et grand danger. Les dames Droséras sont des terreurs… Des plantes carnivores…

– Des plantes carnivores ?

– Elles gobent tout ce qui passe à leur portée, moustiques, petits bouts de doigts, pattes d'oiseaux et parfois, oui parfois…

– Parfois ?

– Oui parfois, pour les pires d'entre elles, des plantes… Cousins, cousines, tantes, oncles, tout y passe. De véritables cannibales. Ces vilaines dames Droséras se cachent dans les mousses où elles croupissent et quand les pauvres plantes apparaissent, elles les gobent tout cru, les entraînent tout au fond de leur estomac, et là, les digèrent pendant des jours et des jours…

– Quelle horreur ! s'écrièrent Galanga et Cardamome.

Gingi, Zédoaire, Curcuma, William (le professeur Roscöe) et Carl Gustave ne disaient rien mais ils étaient affreusement pâles.

– Je ne savais pas que vous aviez un tel talent pour le théâtre et les affabulations, Monsieur Temoë Lawaq, protesta Catherine. Je n'ai certainement pas de pensionnaires aussi cruelles ici. Je serais au courant.

– Belle Catherine, rétorqua Temoë Lawaq, ce ne sont pas des affabulations. L'amour vous égare car je vois là un jeune homme qui semble vous tourner la tête. Je me demande d'ailleurs si mon cher cousin Gingembre n'y est pas pour quelque chose…

– Gingembre ? questionna Carl Gustave sortant enfin de sa torpeur.

– Oui, peut-être, je suis à mes moments perdus ce que l'on appelle un aphrodisiaque, répondit Gingembre en rougissant. Cela signifie que je rends les gens amoureux. J'avais pensé que quelques petites pincées dans les tisanes de Galanga et de Cardamome ne vous feraient pas de mal. Je ne m'imaginais évidemment pas que vous rencontriez si rapidement le grand amour et surtout pas dans la Grande Serre du Jardin des Plantes.

– Après tout, je vous pardonne, dit Carl Gustave en riant franchement. Je vous remercie même, car sans vous je n'aurais pas remarqué les plus beaux cheveux réglisse que je n'ai jamais vus, des yeux verts si clairs que l'on dirait des petits pois frais et des lèvres rouges et appétissantes comme des fraises des bois.

– Ceci étant précisé, intervint Temoë Lawaq, dépêchons-nous. Les Droséras sont des vampires et je crains le pire pour Maniguette.

Et la petite troupe, les Zingiber au grand complet (y compris Temoë Lawaq), Carl Gustave tenant par la main Catherine, le professeur Roscöe et même monsieur Musa qui avait du mal à courir à cause de tous ses régimes de bananes, se mirent à galoper dans les allées de la Grande Serre pour rejoindre l'espace réservé aux dames Droséras : un petit coin humide, tapissé de mousses, comme elles les aiment, où elles se prélassent, les vilaines, en attendant leur prochaine proie.

En vérité, elles cachaient bien leur jeu et avaient l'air parfaitement innocent. Elles étaient très menues avec de longues jambes surmontées d'une tête renflée, rougeâtre, garnie de poils veloutés.

– Laissez-moi leur parler, proposa le professeur Roscöe. Il ne faut ni les contrarier ni les brusquer. Je les sais très susceptibles. Mesdames, pourrions-nous vous déranger quelques instants ?

Les dames Droséras secouèrent leur grosse tête au bout de leur corps grêle et se tournèrent vers le professeur Roscöe en le fixant d'un air étonné.

– Monsieur, c'est à quel sujet ? Nous sortons tout juste de notre sieste et nous nous apprêtions à prendre un petit goûter car nous sommes affamées, alors nous vous prions de ne pas être trop long.

– Mesdames, nous sommes à la recherche d'une parente et amie, Maniguette. L'auriez-vous vue dernièrement ?

– Maniguette ? Qui c'est donc que celle-là ? pouffèrent les vilaines coquines. Certainement pas vue.

– Essayez de vous rappeler, insista Catherine qui, en tant que conservatrice de la Grande Serre, tenait à montrer son autorité.

On l'a vue se diriger par ici et depuis, elle a disparu.

Rien à faire. Les dames Droséras pouffaient de rire mais ne voulaient rien dire de plus. Une d'entre elles, cependant, n'avait pas l'air dans son assiette. Elle avait les joues encore plus rouges et gonflées que ses comparses, elle éternuait toutes les trente secondes comme si on lui avait secoué un sac de poivre au-dessus de la tête et, entre ses éternuements, elle hoquetait à en perdre la respiration.

– Et vous, Madame, lui demanda brusquement le professeur Roscöe, quelle est la cause de votre état si curieux ?

– Rien rien, arriva-t-elle tout juste à bégayer entre un hoquet et un éternuement. Rien, rien…

Mais lorsqu'elle ouvrit la bouche pour parler, une petite voix qui venait de très loin, mais vraiment de très loin, se fit entendre : « Au secours, au secours, sortez-moi de là ! »

– Maniguette, rugirent les petites plantes. Maniguette, là, prisonnière des entrailles de cette vilaine Droséra.

– Pas du tout, hoqueta cette dernière, je suis ventriloque et je vous fais une blague.

– Ce n'est pas vrai, insista la petite voix qui venait de très loin, sortez-moi de là, je suis Maniguette, Maniguette Zingiber.

– Bon sang, c'est bien Maniguette, il faut la sortir de là.

– Vous croyez que l'on va pouvoir la récupérer toute entière,

pleurnichait Galanga prête à s'évanouir, comme le petit Chaperon rouge et la Grand-mère dans le ventre du loup ?

– Ou Pinocchio et Gepetto avalés par la Baleine bleue ? demanda à son tour Cardamome qui n'en menait pas plus large.

– Ce sont-là des histoires à dormir debout que se racontent les humains, répondit le docteur Zédoaire, mais ici, laissez-moi faire, j'ai la situation en main. Curcuma, fais bouillir de l'eau. Galanga, ma blouse de chirurgie et ma bavette. Gingembre, ciseaux, pinces, scalpel. Passe-moi aussi les forceps.

Tout le monde s'affairait autour du docteur Zédoaire.

– Préparez mes instruments. Aidez-moi à tenir la patiente. Allez, Madame, je vous en prie, ne bougez pas, dit-il en s'adressant à la dame Droséra qui avait effectivement avalé Maniguette, tout se passera bien. Ne respirez plus quelques instants, vous ne sentirez rien et cela sera terminé. Je la vois, je la vois, c'est bien elle.

Et voici notre petite Felfelli, Maniguette, la graine de Paradis, le poivre de Guinée enfin délivrée. Le sommet du crâne un peu déformé par les forceps, mais ce n'était rien du tout et cela allait très rapidement se remettre en place.

Et ce fut ainsi comme une deuxième naissance pour Maniguette que l'on avait enfin retrouvée.

Epilogue

Carl Gustave et Catherine ont ouvert une brasserie sur les Grands Boulevards. Ils l'ont baptisée : *AUX ZINGIBER RÉUNIS.* On peut y consulter internet et des tonnes de livres. Le trophée de l'Epice d'Or trône au-dessus du comptoir.

Catherine et le docteur Zédoaire y ont chacun leur petit salon particulier. Catherine donne des consultations pour les plantes malades : rosiers anémiés ou couverts de pucerons, marguerites perdant ses pétales, coquelicots flétris, pommes véreuses, poiriers tavelés... Bref, elle ne manque pas de travail.

Le docteur Zédoaire, lui, conseille pour les troubles de l'estomac, le manque d'appétit et les rhumatismes des genoux. Lorsqu'on lui parle de troubles du cœur, selon son diagnostic, il téléphone à sa consœur Digitale ou prescrit une petite préparation spéciale, à consommer dans la brasserie même.

Car Gingembre y prépare une boisson extraordinaire qui fait la réputation du lieu. Le bruit court que ce délicieux breuvage magique rend amoureux !

Curcuma cuisine des petits plats très épicés et colorés (en jaune surtout). De temps en temps, des individus très louches viennent le voir et lui chuchotent à l'oreille. Curcuma les renvoie immédiatement !

Cardamome et Galanga ne sont plus jalouses de Catherine. Je crois bien qu'elles étaient secrètement amoureuses de Carl Gustave. Cardamome assure le service et Galanga s'occupe de la décoration de la salle.

Quant à Maniguette, elle est la reine de la brasserie. Lorsqu'elle ne pratique pas la danse du ventre pour animer la soirée, elle raconte ses aventures à qui veut bien l'écouter.

Temoë Lawaq, toujours indépendant, passe de temps en temps, parfois avec son ami monsieur Musa.

Le professeur Roscöe est l'invité d'honneur permanent. Il reste presque toute la journée à la brasserie avec ses amis en sirotant le thé aromatisé préparé par Cardamome.

Joséphine est là également. Elle s'occupe des enfants de Catherine et de Carl Gustave. C'est vrai, j'ai oublié de vous dire. Ils en ont trois : Réglisse, Petit Pois Frais et Fraise des Bois.

Bien sûr, ce sont des prénoms bizarres, mais quand on a une maman phytopathologiste et un papa botaniste, c'est tout à fait normal.

FIN

Pour en savoir plus

- La maniguette
- La famille des Zingibéracées
- Carl von Linné

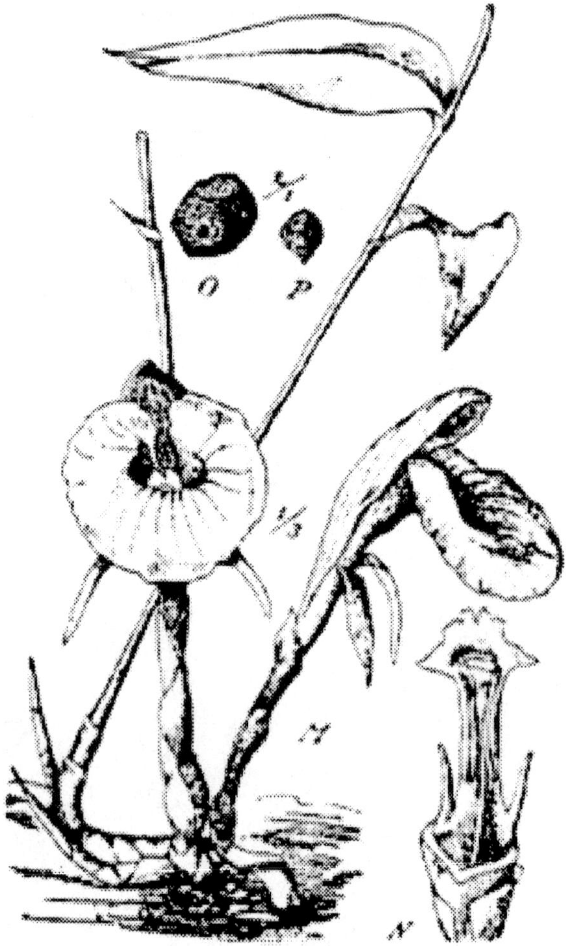

LA MANIGUETTE

M : plante entière ; *N* : androcée avec graine ;

O : graine (x2) ; *P* : graine (x1).

Les Zingibéracées

Les Zingibéracées, plantes monocotylédones, appartiennent à l'ordre des Scitaminales ou Zingibérales qui renferme également les familles des Musacées et des Cannacées.

Plantes herbacées, de grande taille, vivaces grâce à des rhizomes (racines souterraines), aux feuilles pourvues d'une gaine persistante, leur fruit est une capsule à trois loges à graines arillées.

Les inflorescences sont terminales, au sommet de tiges feuillées ou portées sur un axe indépendant provenant directement du rhizome.

Leurs tissus renferment des cellules riches en dérivés aromatiques (camphène, eugénol), des matières colorantes (curcumine), des principes amers et substances résineuses (gingérol, paradol).

On les retrouve dans les régions chaudes et humides, tropicales et subtropicales du globe (Afrique occidentale, Orient et Extrême-Orient, Amérique centrale et Australie).

Les Zingibéracées présentent des espèces utiles fournissant des épices et aromates (gingembre, cardamome, maniguette), des fécules (certains curcumas), des colorants (curcuma), des espèces décoratives (alpinia) ou encore des espèces utilisées pour diverses propriété stimulantes, digestives, antiseptiques par les pharmacopées traditionnelles (zédoaire, gingembre, galanga).

Carl von Linné

Fils d'un pasteur de campagne, Carl von Linné est né en 1707 en Suède, à Rashult. Après avoir passé son diplôme de docteur en médecine en Hollande, il devient le médecin du roi. Mais il est surtout passionné par la botanique à une époque où la science des plantes est un domaine très confus en l'absence de toute classification systématique des végétaux.

C'est à quoi s'attèle Linné. Ses contributions à cette étude furent essentielles, principalement dans deux domaines : la création d'un système de nomenclature binomiale (deux noms), toujours utilisée dans le monde entier, et la création d'herbiers de référence permettant de reconnaître les plantes et d'établir un inventaire précis de la flore.

Il choisit le latin – langue scientifique de son époque et a priori immuable – pour la dénomination des végétaux en genre suivi du nom d'espèce selon sa classification binomiale, suivi de l'initiale du premier botaniste qui l'a découverte ou décrite. Ainsi, de nombreuses espèces végétales sont décrites par leur nom de genre (exemple *Curcuma* suivi du nom d'espèce : *longa* puis de l'initiale *L.* pour Linné, premier botaniste à avoir décrit cette espèce).

Carl von Linné est décédé en 1778 à Upsala où il était professeur à l'Université. Grâce à ses nombreux ouvrages publiés, il est toujours considéré, dans les domaines de la botanique et de la zoologie, comme l'un des plus grands naturalistes.

Achevé d'imprimer sur rotative numérique par Book It !
dans les ateliers de l'Imprimerie Nouvelle Firmin Didot
Le Mesnil-sur-l'Estrée
01 55 38 94 88

Dépôt légal : Novembre 2001
N° d'impression : 1.400.3180